我的中国

李 瑛◎著

中国言实出版社

图书在版编目(CIP)数据

我的中国 / 李瑛著 . -- 北京 : 中国言实出版社，
2021.3

ISBN 978-7-5171-3178-6

Ⅰ . ①我… Ⅱ . ①李… Ⅲ . ①诗集 – 中国 – 当代
Ⅳ . ①I227

中国版本图书馆 CIP 数据核字（2021）第 037755 号

出 版 人　王昕朋
责任编辑　肖　彭
责任校对　张国旗

出版发行　中国言实出版社
　　　　　地　　址：北京市朝阳区北苑路 180 号加利大厦 5 号楼 105 室
　　　　　邮　　编：100101
　　　　　编辑部：北京市海淀区花园路 6 号院 B 座 6 层
　　　　　邮　　编：100088
　　　　　电　　话：64924853（总编室）64924716（发行部）
　　　　　网　　址：www.zgyscbs.cn
　　　　　E–mail：zgyscbs@263.net
经　　销　新华书店
印　　刷　徐州绪权印刷有限公司
版　　次　2021 年 4 月第 1 版　　2021 年 4 月第 1 次印刷
规　　格　710 毫米 ×1000 毫米　1/16　15.75 印张
字　　数　252 千字
定　　价　68.00 元　　ISBN 978-7-5171-3178-6

李瑛（1926 年 12 月 8 日—2019 年 3 月 28 日），河北省丰润县人。当代著名诗人。曾任解放军总政治部文化部部长、中国作家协会主席团委员、中国文艺界联合会副主席等职。出版了54部诗集，有多部长诗和组诗获过多种奖项。其作品《我骄傲，我是一棵树》获中国作协第一届全国优秀新诗（诗集）奖一等奖，诗集《生命是一片叶子》获首届鲁迅文学奖诗歌奖，《我的中国》获全国优秀图书奖。

目录

红色岁月

红色历程

红色史诗

红色经典

离我心脏最近的，是你
守护着山的尊严、水的歌唱的，是你
照耀在一切星辰之上的，是你
呵！我的中国

上
卷

我的中国

献辞

离我心脏最近的，是你
守护着山的尊严、水的歌唱的，是你
照耀在一切星辰之上的，是你
呵！我的中国

序诗

又是十月，又是十月
十月的第一天是大写的日子
经过丽日，经过风雨
今天是第五十个十月的开始
屹立在太阳与大地之间的
光灿灿的"1"字
是我们远祖手植的古柏
后来化作民族的脊骨
莽莽河山
全靠它的照耀
浩浩天宇
全靠它的支撑
呵，十月一日
是我们母亲山河的生日
是我们十二亿人的生日

红色岁月

红色历程

红色史诗

红色经典

是我的生日

让我们燃起

五十支喜庆的红烛

照耀五十朵

深情的玫瑰

看蓝天下

十月枝头成熟了

金黄的稻穗

雪白的棉花

鲜红的苹果

大地的一切都是为了献给你

欢乐的鞭炮

艳丽的花朵

一起迸放

闪亮的瞳仁

飞动的神采

一起闪动

人间的一切都是为了献给你

动地的大鼓

锃亮的唢呐

把大地震得轻轻摇荡

彩灯是眼睛

旗帜是翅膀

激动的歌声回响在千山万水

这一天的一切都是为了献给你

中国

哪条琴弦

不在幸福中颤动

哪只杯子

不溢满欢乐的酒

亲爱的祖国

我要把我所有的一切

都献给你，我的

眼睛、耳朵、喉咙

左手和右手

当然还有我的

心脏、肺叶以及

几十年日夜不息地流动的

O 型的血

我的曾受过

炮火检验、岁月过滤的血

是圣洁的

我的曾历尽

烈焰燃烧、痛苦冶炼的感情

是纯真的

但仍嫌不够

即使有时

我的笔沉沉睡去

但我的心仍在醒着

连同我的影子都献给你

直到我一无所有

但仍嫌不够

我知道

我献给你的和

你所给予我的

是多么难以相比

我只是你悬浮的

一粒尘沙，或一滴

极小极小的水珠，或一片

小小的挣扎吐绿的叶子
而你是我的全部世界
这是真实的

在我的理解和认识中
我对你的爱
无论甜蜜或苦涩
怨尤或追悔
也无论礼赞或诅咒
欢乐或痛苦
都是深刻而具体的
是纯净而真挚的
在时间和空间中
我对你的爱永难穷尽
哦，祖国

尽管在我的生活中
中国钟摆和时针
给了我一个二十四小时
又一个二十四小时
在忙碌中我常常
忘却了你
犹如生命常常忘记
需要须臾不停地呼吸
但你却始终没有忘记我
你无时不用
慈祥的眼睛
健壮的手臂
温暖的胸膛
拥抱我，像

阳光照耀一棵小树

泥土滋润一棵小草

我热爱你因劳动

而皲裂的粗糙的手指

我熟悉你因风霜

而变形的赤裸的双脚

甚至你的声音

你的体温

你的气息

我穿的是你给我的布衣

吃的是你给我的温热的饭食

你对我的无微不至

常使我感到惭愧和痛苦

在万物不息的运动中

你给了我生命

并指给我它的位置和意义

给我思想、意志和

精神力量

给我灵魂

在对真理和自由的追寻中

你告诉我人的尊严和

生的价值

在历史的创造中

在狂涛浪涌和漩涡里

使我生活得聪明和勇敢

站在这一天面前

仰望着你

朝阳的祖国

让我以最简单、最纯真的方式

表示对你的爱

我要写一首诗

也许这些诗句

像北方贫瘠山野

干枯的野酸枣枝

但它们是执著而淳朴的

它们的每一笔都是滚烫的

每个字都跳着我的脉搏

哦，祖国

一

一岁一枯荣的野草

掩埋了洪荒岁月

日晷上，光和影

一寸寸移去

泥土挖成洞穴

洞穴又化成泥土

这就是我的民族

远古生活的图景

汗和劳动号子

在苦涩中流淌

穿过五十万年，五万年，五千年

时间都已死去

历史却并未失重

时间都已死去

声音却并未冷却

我们是从

龙骨山的洞穴

走来的人

是从比当今世界上

任何摩天大楼

都高的洞穴

走来的人

在黄河岸边

我们和野牛、赤鹿

一起生长

山洞里，河滩上

篝火照耀着我们

结成群体

在严酷的风雨雷火中

一个集体

一个部落

一个民族

在艰辛中成长

我就是从那

黑得发亮的头发和

浑厚的黄土般的肤色

开始认识我的祖先和民族的

我就是从那

一块粗糙的刮削器的石片和

一根骨针

开始认识我的民族和祖国的

我就是从一杯酒

认识酿造它的是

昆仑山头的白雪

屈原的叹息和

杜甫的渴盼

我是从前天的风

昨天的雨和

今天的阳光

开始认识我的祖国和自己的

自从我们的远祖

——第一只类人猿

从密林的树杈

跳到地面站起来

便从未停止追求和思索

他们以不屈和坚忍

失败和磨难

创造自己的命运

在莽莽群山和滔滔大河间

带着史前的冲动和变异

繁衍了一代代

日出而作、日入而息的子孙

石头和泥土

磨砺了他们的双脚和双手

在最冷的泪和最热的血之间

他们创造神话、传说和史诗

以石器和弓弩狩猎

以木犁种植谷物

他们制作陶器

绩麻、缲丝

以勤劳和智慧

向土地索取报偿

使汗水发芽

看那陶片上的游鱼吧

看那瓦罐上的花纹吧

看那记事的绳结和

一个个一眨不眨的眼睛般的

聪明的符号吧

从斑驳的

龟甲、兽骨、碑碣到

竹简、木板、土纸上的

第一个字和最后一个字

写的都是我们的历史

那一件件

神情古朴的黑陶和

凝重的绿锈的青铜器

至今仍留有酒的气息和

稻黍的芳香

世界上没有任何珍宝

能和它们相比

深埋地下千年的

战车和兵马

尽管它们已不认识

它们的后裔

但它们的灵魂是不死的

它们的精神正是

那些工匠的精神

民族的精神

逶迤于千山万岭

亘古苍凉之上的长城

从每座戍楼废燧

都可听到远古传来的

旗飞鼓角的嘶喊

墩台，雉堞，铁甲，利箭

征服与被征服的箭镞

至今都是滚烫的

青铜中的殷商

石头里的秦汉

瓦缶上的唐宋

在激流与山岩的缝隙间

在历史和泥土的缝隙间

不时传来汗血马的长嘶

三千旌旗

十万虎贲

我们的先人在争战中

建立了自己的帝国

如今，一个个

沉埋地下却依然

活着的世界

仍给我们以无尽的

启示和思考

我们就从那里获得了

一个个简单或深奥的

哲学命题的

诠释

并且知道了

我们在人类和世界中的

位置

几千年了

我们的祖先

在思想和行动中

创造了深邃的哲学

创造了对天的信仰

在宗教性的世界观动摇之后

创造了五行和阴阳这种

朴素的唯物主义和

简单的辩证思想

提高了人的地位

创造了中国文化理念的

最高原则"道"和"仁"

他们主张

以"仁"为核心的"恕"

以及"德"和"理"

建立起人的美德和

做人的标准

他们从混沌的天宇中

找到了星球和

自己的居所

他们发现了深奥的数学

在数学家抽象的时空中

开出绚丽的花朵

他们创造了

罗盘、印刷术和火药

同时又认识了

自己肉体的经络和血脉

建立了古老的中国医学

他们建立了自己的

生活方式

价值观念和

道德准则

在艰辛的劳动中

认识到自己的权利

他们深刻崇尚人间亲情

尊敬老人

热爱幼小

矢志创造人类和谐的

生活和幸福

他们热爱勤俭和劳动

当大地还覆盖着薄冰残雪

便唤醒耕牛和犁耙

以一双双胼手胝足

宣示劳动的意义

他们深知每粒粮食和

每滴汗珠的重量

是相等的

在生活和劳动中，他们

创造了灿烂的艺术

看深山裸壁上

凿刻和磨刻的岩画

是谁的手笔

祭神的虔诚和歌舞的欢乐

仿佛就像我们自己

从土里掘出的

组组编钟和排排编磬

又出自哪位匠师

使青铜和石头的喉咙

唱出神奇的歌曲

使我们的心弦

剧烈地颤动

从着草履的《离骚》

焦虑地踟蹰江畔

闻到美人香草的芬芳

从穿布褐的《诗经》

漫步田畴村野

看到稼穑农桑的身影

以及数不尽、数不尽、数不尽的

平平仄仄、铿铿锵锵的

诗词文赋

显示了我们先人的

远大襟怀

哲学思辨和

生活情韵

他们宣泄欢乐

倾诉痛苦

诅咒恶行

向往善美

从笔尖，从嘴唇

到反抗的斧钺的意志和牙齿

汨罗悲涛

易水寒波

卧薪尝胆的赤诚

精忠报国的壮志

他们对祖国和民族的

铭心的爱以及

对人生的美的追求

是崇高而庄严的

在我们的生活中

有一种世界性的东西

一种具有强大威力和

光芒四射的东西

凝聚着东方民族本质的东西

就是我们古国人民的

精神和文化品格

磅礴于天宇和大地之间

它的生命是不朽的

呵，五千年漫漫时空
黄色的风
吹拂着古东方人类
文明的遗址
挟剑踏歌的先人
秉烛夜读的志士
仗义济贫的豪杰
叱咤风云的英烈
他们都各有自己的
人生哲学和崇高信念
他们和他们所创造的
比生命更高的一切
都是献给人类的
瑰丽的财富
它们的意义是难以估量的

如今，世界上
在文化飘移中
高昂着头屹立在
世界大地之上的
是我们的文字
属于历史的生命
可以死去
属于历史的文字
却能永生
它们无论横排或竖排
无论繁体或简体
都源自黄河淤积泥沙上

兽蹄鸟爪的遗迹

像粒粒宝石或颗颗星星

闪射着永恒的璀璨之光

是我们民族文化的

魂魄

我们从远古先人的基因里

就懂得了

爱生活

为了希望和明天

爱自由

它的价值超过鲜血

爱和平

像长城的每一块砖

都含蕴着温馨之光

爱友谊

丝绸路上，风沙

湮不没摇曳的驼铃

各国文明、各路口音以及

各个种族之间的爱

我们把它看作是一种

甜蜜的责任

一起沉沉地、沉沉地

埋在心灵深处

一个朝代

又一个朝代

滔滔涌过

如今，五千年纷争兴衰

已消失在马蹄尘沙中

红色岁月　红色历程　红色史诗　红色经典

舒缓的地平线上

只有旌旗残堡

断垣颓壁

却仍能感到

斧的威严、剑的锋利和

一个民族不屈的

意志和精神

这不朽的东方古文明和

一首首史诗

一个个故事

一支支古曲

高挂在迎风送月的楼头

和檐角的铁马一起摇曳

使我们无时不感到

历史的呼吸和

先人的召唤

那深埋在离离荒草中的

一座座

神的碑

佛的塔

帝王的陵寝

静静地闪烁在

一个又一个世纪的

暮色苍茫中，在

卷帙浩繁的

线装典籍中，在

历史辐重的

行列中，在

低飞的暮草烟云中

辉映着头上

万古不灭的星斗

哪怕光阴匆匆流转
人间沧桑巨变
我的祖国
却总在一次次地战胜危亡中
突破、成长
随着一代代
新人的诞生而
诞生

今天，八九岁的孩子
坐在明亮的教室
摇摆着头
背诵历史故事时
他们睁大眼睛
遥望几千年前那头
亮着的一朵飘动的
火光
惊异地发现
呵，我
原是属于这样一个
值得自豪的古老民族和
祖国

二

"人要靠回忆营养自己"
历史用苍老而庄严的声音
说："只有不忘过去，才会

认识今天，热爱未来"

我的祖国
我的为人类作出辉煌贡献
推动历史加速前进的民族
后来却遭到
一次次宰割和凌辱
至今，也未愈合
流血的伤口

那是些从世界各个角落
呼啸而来的堂皇的
强盗和绑匪
那是以指挥刀和线膛枪
武装的贪婪和野心
当他们的
用亚当的肋骨
代替进化论的说教声
沉落下去
当匍匐在广东、上海、天津、旅大、威海卫
花岗岩码头的
石板路上的中国苦力
咳出一口口
鲜血和胆汁时
一根根皮鞭
正高高扬起
抽打他们瘦骨嶙峋的
脊背和肩膀

这是在中国的土地上

这是在光灿灿的太阳

朗朗地照耀之下

发生的人类的

大悲剧和大耻辱

一艘艘鼓满了

大西洋咸腥的海风的

大帆船

从伊比利亚半岛西部

海岸的巉岩边

载来了商品和诈骗的是

葡萄牙人，之后是

肩了长枪的英国人

越过英吉利海峡

鳄鱼般的坚船

载来了重炮和

成箱成箱的达姆弹以及

成箱成箱的鸦片

锋利的龙骨

剖开中国海的胸腔

掀起层层铁青的浪涛

还有从遥远的新大陆来的

嚼着口香糖

背了背囊和冲锋枪的

美国人

还有穿着坚硬的牛皮靴的

俄国人

挎着毛瑟枪的

德国人

扛着来复枪的

法国人

奥国人、意大利人以及

在我们窗外不住窥视我们的

小胡子的日本人

一队队，一队队，一队队

操着不同的语言

穿着不同的军装

肩着不同的旗帜

争相在凶狠和嬉笑中

登上我们的海岸

愤怒的正义和真理

睁大着眼

瞪着他们

倾听人性和道德

在羞耻中

尖厉地呼叫

他们说

他们为我们带来了

幸福和自由

文明和财富

但他们手里

却都是同一种东西——

白花花的刺刀和

黑洞洞的枪口

他们把我们的白银和土地

装满他们的钱袋

还要榨尽我们

最后一滴汗和

最后一滴血

在穿着黑袍手捧《圣经》的神父

不停地为我们祈祷的同时

港口的潮汐

涌起的却是惨白的月光

浸透血腥的泡沫

垃圾和油渍

眼前是灰烬和废墟

身后是无尽的痛苦

武装侵略和精神奴役

像两张磨盘

研磨着我的民族和祖国

在北京

辉煌的圆明园

待掠走无数珍宝之后

便把层层亭台殿阁

推给了一把烈火

瞬间，一摊死灰

便沉甸甸地压在

中国近代史上

岁岁疯长的野草

也掩不住

这淌血的伤口

只有屹立在记忆之上的

巨大的愤怒和沉默以及

劫余不仆的石雕残柱

坚强地屹立至今

为的是向它后世儿女

倾诉说不尽的

屈辱和痛苦

在南京

古城的砖石上

有脸

有愤怒的流血的眼睛

有风吹着头发和

扯烂的衣衫

它们会永远记得

那里曾涌起

海浪般的眼泪和鲜血

被砍落的手脚

被割下的乳房

被挑出的肠胃

被击碎的颅骨

寒烟衰草中

高悬在城门上的

一颗颗头颅

沉重地摇荡在

血腥的风里

谁敢看那恐怖和死亡

那里，除了这些，没有别的

甚至东西南北

也都迷失了方向

所有的路

都只通向大屠杀

所有的人

从一岁到八十岁

都只通向大屠杀

从第一个到第三十万个

都是死亡
疯狂的大屠杀是
重复了三十万次的
黑暗的总和
每个人的性命都只变成
一个冰冷的数字
然后就永远沉默了

至今，连太阳也不敢睁眼
只有砖石缝隙间
生长的苍苔下
三十万双比刺刀
更锋利的目光
仍凛然望着这个世界
而在墙角下埋葬的是
数不清的横陈的白骨
男人、女人、老人和孩子的
臂骨、腿骨、肋骨、脊骨
模糊的头颅
深陷的眼窝
坚利的牙齿以及
无数无数个心头的
理想和梦幻
瞬间，都凝成了
喘不过气来的
历史

在南京
在北京
在中国许多地方

在瓦砾和草根之下

随意拣起一块石头

都会看见一片火光

炸响在掌心的是

一个民族不屈的

怒吼和雷火

一个个不死的精魂

一个个活泼的生命

永远挺立在

春天也不再舒青的石头里

历史

倚着愤怒的废墟

站在地狱的门口

以热血

一次次淘洗我们

黎明前的祖国

那是我们永远再也见不到的

父亲、母亲

姐妹和兄弟

妻子和儿女

山山水水，永远

回荡着他们的呼喊

难道属于这个古老民族的

只有皮鞭、刺刀、重炮和

扭曲的钢铁

东方之龙呵

不在屈辱中崛起

就在屈辱中死亡吧

不崛起就死亡吧

三

通向战场的路
是一簇簇疯长的野草
为让我们看清
它们的根吸吮的
一摊摊血泊
就是我们前进的路标
我们已经思考了
很久很久
我们已经沉默了
很久很久

在屈辱与抗争中成长的
我们的先人、祖辈和父母呵
一次又一次
看清了他们
野蛮的文明和
文明的野蛮
使我们这个
受尽凌辱的苦难的民族
不得不咬着牙齿坚定地说
再不能忍受
再不能忍受
再不能忍受了
直到取得尊严的
最后一只手

最后一粒子弹

打开历史教科书看吧

无论翻到第几页

都会听见一个民族

攥紧骨节的炸响

荒村的犬吠

午夜的鸡啼

在他们觉醒的前夜

南方，垂着胡须的老榕树

这么说

再不能忍受

波涛激溅的海岸线上的石头

这么说

始终大张着喉咙的重炮

这么说

北方，冰雪压低了屋脊的小村

这么说

再不能忍受

卢沟桥上五百头雄狮

一齐摇动威武的鬣毛

这么说

失血的大地上每棵高粱玉米

一齐挥起大刀的叶子

这么说

暴行就这样为我们

为我们播下

一粒粒反抗的种子

渴望自由和尊严的种子

我们旗帜上金灿灿的星星的种子

中华民族呵

我们昔日的光荣呢

我们祖先为人类建立的彪炳的勋业呢

我们做人的权利呢

祖国，最初

我不敢看你

不敢抚摸你

怕从你的断垣残壁上

摸到又稠又冷的血

当我们读过羊皮的世界史

读过线装的二十四史

读过石壁和碑碣上的

一句句先烈的遗言

从当年恐怖的惊雷

劈下的长刀

疯狂的马蹄和

抗击的呼喊中

就找到了自己的位置

为祖先的荣誉和子孙的明天

为民族的生存和正义

我们不得不作战

闪闪的梭镖和大刀以及

原始的石头和

简单的真理

引导我们去作

浴血的苦战

我们要把那一笔笔血债

彻底清算

看，在我们民族的祭坛上

是什么，那是什么

虎门滩头

关天培抛洒的热血

林则徐燃起的浓烟

镇南关上

冯子材的怒吼

凝成累累巉岩

黄海深处

邓世昌的脊骨

化成不屈的炮管

看，是什么，那是什么

是大风雪中被剖开的

杨靖宇粗糙的胃

是凛然面对铡刀的

刘胡兰十五岁的圣洁的头颅

是松花江上八朵不凋的鲜花

比青松更坚强的鲜花

是狼牙山上五块倔强的石头

比狼牙更锋利的石头

董存瑞高举的手臂

是何等伟岸的支架

黄继光高挺的胸膛

是何等坚强的铁壁

穷山瘦水间挣扎着长大的

马齿苋、荠荠菜、蕨麻菜

都会在哽咽中告诉你

一个个苦涩却已经觉醒的

民族的故事

一次次压迫和剥削

一次次欺凌和苦难

教育我们认识了

比生命更为宝贵的

是自由、尊严和真理

暗夜沉沉中

一颗火星炸亮了

一个人大得如同太阳

从韶山冲弯曲的田垄

走来

率领一群穿了草鞋

肩了长矛大刀的英雄

在农村，在山坳

像野草蓬蓬勃勃地长起

他们是吃

南瓜、树皮和野草长大的

他们用血染的土布做旗帜

他们锻打出一把把铁锤和镰刀

组成一个庄严的政党

一个无畏的集体

那是一千九百二十一年火热的七月

阳光终于从坚硬的黑夜

照到黎明

他们遵循一个科学的主义和

一条铁的法则

在手术台上解剖

苦难的中国

之后，神州处处

到处是集结的队伍

到处是反抗的怒吼

中国，从土地深处

从草莽

从断壁和窗纸后

冲出来

黑暗中到处都是

风暴和雷火

一颗红星，一颗红星

用最后的血点燃火把

用最后的石头磨亮刀枪

大地便在噼噼啪啪中

被烧得通红

看，梭镖的红缨边

愤怒的眼睛

看，褴褛的衣衫边

火铳的阵列

在冲击中刺杀

在匍匐中射击

中国，像奔腾的熔岩

洪涛般流淌

一颗哀悼的头低下来

一万把大刀会高高举起

这是一万支锋利的歌

激昂地响起

一弯受伤的月亮

沉下黄河

一轮喋血的朝阳

就从长城上升起

打碎戴着镣铐的每一天
号召前进的
是明天
是忠贞的信仰和
滚烫的血

历史会永远记下
他和他的战友
创造的这永恒的光荣和
这个民族的精神以及
勇敢的先人的后裔
所做的一切
这就是我的祖国
我的永远的祖国

只有当我们站起来
粉碎了敌人一次次围追堵截
经历了雪山草地的水淬火锻
才能正视自己屈辱的历史
终于，中国共产党人
用宣言和行动，唤醒
不愿做奴隶的人们
给中国带来了春天
他们的脚步震动了世界

那是二十世纪中叶
一千九百四十九年
他和他的战友
穿着风雨漂白的灰军衣
率领正义、步枪、小米和

红色岁月　红色历程　红色史诗　红色经典

《义勇军进行曲》
赶走侵略
战胜邪恶

打绑腿的党，终于
开进了北京
一首史诗在天安门前
自豪地站起来
高高升起鲜红的旗帜
人们终于在泪雨里
找回了属于自己的祖国
我的擦净伤口扎着绷带的
笑声朗朗的新中国

多少年轻的先辈
在铁窗的栏杆里
迎接了她
又有多少年轻的先辈
在黎明的光芒中
迎接了死亡
留给世界一双双
寻找春天的眼睛
他们最终未能看到
本世纪人间这片
最耀眼最壮丽的
风景——
社会主义的风景

"中国人民从此站立起来了"
历史的声音震动了寰宇

当天安门前的石狮

被朝阳染红

中国，终于结束了

一年有十二个月

雨雪淋打的日子

一个民族便开始了

新的长征

从古城墙边

千年古柏抽出的新枝

出发

从瓦砾缝隙间

一朵怒放的小花

出发

成为建设新时代的歌和

英雄史诗的

开始

历史庆幸有了这样的

领袖和他的战友

才使地球上五分之一的人口

咀嚼到胜利的甜蜜

开始了新生

尽管此时

这个苦难的民族

贫穷得只剩下石头和骨头

但却有冲天的壮志

这时，五大洲的人们才知道

中国，再也不会成为

被宰割的对象

一个具有

瓷的品质

丝的光泽和

茶的清香的

社会主义新中国的诞生

怎样加速了地球的旋转

使大地充满生机

哦，祖国

只有太阳才能拥抱的

祖国

看它巍巍群山，浩浩江河

看它莽莽平原，茫茫草地

看它以何等丰沛的乳汁喂养

北方无尽的红松和冷杉

南方苍苍椰林和蔗林

看它有何等旺盛的精力

早晨两点，乌苏里江的浪尖

已被旭日染红

晚上十点，公格尔山头

才送走落日

看它有何等豪迈的性格

南沙岛群，照着

摄氏四十度的炎阳

北国山河，却是

摄氏零下二十度的冰雪

看我们嫩绿的

浆果一样的江南

看我们褐色的

坚果一样的塞北

看它成瓣的肌肉

看它轩昂的眉宇

在曾经贫困的大地上

而今，什么时候

有了这么多

高压线的铁塔

干渠和毛渠

有了这么多

农机农具

粮仓粮库

传送带上是

煤炭的洪流

漠漠油田里

钻机不息地旋转

多少车轮、机翼、螺旋桨

喧响在大道、蓝天和海底

昨天，灯火通明的怀仁堂

代表们热烈讨论着

又一个五年经济建设计划

曾几何时，绘就的蓝图

就变成了生动的现实

听，阵阵歌声，隆隆机响

看，盈盈绿柳，灼灼桃花

阳光，月光，轻风，细雨

照耀着，吹拂着，滋润着

我的朝气蓬勃的

开始腾飞的祖国

但这也并不是平静的年代

和风丽日中常有

阵阵风暴

场场雨雪

这是我们难以料及的

历史深处的历史

现实后面的现实

判决书上一二十个字的虐杀

便会构成一出出

惨烈的悲剧

新世界的建设何等艰辛

革命的进程何等曲折

我们历经苦难的民族

你朝气蓬勃的希望

竟这样和困惑、和焦虑

紧紧地连在一起

四

但是，我不能不痛苦地说

我们的党

我们的祖国

还有更长的丧失理性的年代

还有更暗的风狂雨骤的长夜

每个中国人

都难以忘却那岁月

整整十年，十个寒暑

封建的桎梏

残酷和愚昧

使一个民族遭到

历史更大的劫难

破坏性的大风暴

把红旗和垃圾一起

卷上天空

大海的潮汐

也失去了理智

没有一个人不被卷进

恶浪的漩涡

许多人丢失了自己

许多人变成了疯子

整整十年，十个寒暑

整个社会都失去了秩序

机器停止了转动

学校关闭了校门

喧闹的大地上

到处是游行的队伍

到处是翻飞的传单

警车一阵阵呼啸驰过

警笛掀起街头

层层贴满的传单和

尘土

整整十年，十个寒暑

真理被吊上绞架

人失去了尊严和亲情

书籍和乐器化成了灰烬

灯光和花朵都已枯萎

我们可爱的祖国

刚刚醒来，却变成一片

史前荒芜的大陆

纵火的大地

煎熬着一个不幸的民族

黑暗

笼罩着每个

白天和夜晚

整整十年，十个寒暑

我的手再也摸不到你

祖国，你在哪里

我用嘶哑的喉咙呼唤你

却听不到你的回声

你温暖的胸膛呢

你谦和的眼睛呢

你亲切的笑容呢

你在哪里

那是大崩溃和大思索的年代

在长长的恐怖和痛苦中

一些人过早地死亡

一些人在无奈里偷生

一些人疯狂地狞笑

一些人在斗争中沉思

怎样结束这可怕的岁月

渴盼着春天出现

终于，我的祖国

又从虐杀和战斗中

挺立起来

带着那么多血泪和创伤

高昂着头重新寻找和呼唤她

苦难的儿女

我的多灾多难的民族

历史和时代，仿佛

有意考验我们

肩膀和脊骨的强度

总要加给我们更多的

贫困和愁苦

一次次水火刀兵

一次次人祸天灾

一天拂晓

地平线上蓝光闪耀

大地摇动起来

雷鸣烟尘中

几分钟

几十万条生命和一座大城

就从我们温暖的生活中

消失了

一天夜晚

烈火像突然跳到地上的雷

从林区到村镇燃烧起来

滔滔火海顷刻间

使大地便变成一块

通红的铸件

更有倾天的洪涛，瞬间

横扫过千百村庄

浊浪上只有

飘摇的树梢

孤立的楼顶和

孩子惊恐的呼喊

洪流，巨石

轰隆隆卷过

一片倾斜的大陆

还有无情的风沙和雪暴

还有咆哮的飓风和涛涌

一次次刀兵水火

一次次天灾人祸

经受过无数疯狂屠杀和

深重灾难的民族

还有什么可怕的

他们的肩膀，犹如

年轻的喜马拉雅山脊

莽莽地平线上

只见这个民族

高昂的头颅

坚强的脊骨

直挺的胸膛

燃烧的热血

顶天立地的中国共产党

率领她不屈的儿女

支撑起天穹和这个

古国的灵魂

赴汤蹈火，终于

获得了胜利

一次次不屈的

胜利

五

我的国家

深深地爱着
生长在她土地上的
每一个人
对于黄河和长江
五十六个民族都是
吸吮她们的乳汁
长大的儿女
大地渗进的
是他们共同的
汗和血
无论在高寒的山顶村寨
或是茫茫草原深处
也无论在原始老林腹地
或在过早冰封雪裹的山谷
祖国都用温暖的手
把他们抱在怀里

当孩子们第一天去上学
在操场上第一个认识的
就是我们的国旗
在地图上第一个寻找的
就是我们的北京
因为北京无时不在关注
每个民族
每家窗前有没有灯光照亮
每家屋顶有没有炊烟升起
无时不在倾听
谁家孩子有饥饿的哭声
谁家老人有病痛的呻吟
昨天他们共同

抗拒雷雨

今天又共同

建设未来

他们互相交流

如何种植蔬菜

如何嫁接果树

如何改良土壤

如何使用良种

他们共同享有

现代文明和新科技

使谷粒和水果

在劳动中丰收

这里没有歧视、偏见和欺诈

大家都在金子般的诚实中

和睦相处

我们国家

尊重每个民族的

宗教信仰、语言文字和风俗习惯

他们各自享有不同的节日

在这里没有一只杯子

不是骄傲的

在我们心上

各族人民的欢乐与痛苦

是紧紧相连的

无论是马头琴、大三弦

也无论是冬不拉、象脚鼓

它们流出的声音

都渗透着相同的情感

泼水节的水

醉倒了一个个民族

火把节的火

照亮了一个个民族

在这里，没有一根琴弦

不是骄傲的

我们各个民族

都有自己的英雄史诗

从老祖父的嘴里流出

像昆仑山一样

逶迤绵延

像黄河水一样

奔腾浩荡

在全人类中享有太阳般荣誉的

中华古文明

是我们各民族共同创造的

我们手挽着手

以华表的尊严

屹立在阳光下

和谐得像并肩的琴键

祖国

就是我们各个民族

共同的诗和

永远的情歌

我们手挽着手走向未来

世界上没有任何一个国家

能和我们相比

六

没有谁比我们
更认识痛苦
因此没有谁比我们
更珍重生命和生活

抱着遍体鳞伤的
复苏的祖国
我想起无数先烈
我们心中的一切
都是他们生命的一部分
他们的生命
永远屹立在永恒之上
我们的生活本身
是变动不定的
但生活的真正价值
要从一个不容变动的
永恒秩序中去寻找

我想起历史和时间
时间是运动
世界上，惟有它与河流
永远不会衰老
我们只能把它
放在生命中来考察
我们把历史
称作时间的灰烬
灰烬是沉默的

但它们在呼吸

在时间的过程中

所有存在的一切

都要消失

但并不是消失的一切

都会忘却

我想起血

被诗人入诗的血

被画家入画的血

在冷兵器时代

它是热的

而今天

它是冷的

这是一个民族的血

从每座墓碑上淌下来

从玻璃展橱直流到地板上

我们该把我们民族

失去的海样深的鲜血

都聚集起来

像舀一瓢黄河水一样

汇进每个人的血管

好让它浇灌我们的人生

使自由和真理

开出花朵

我想起生命

要真正认识这个

会哭会笑的字眼

必须站在生命之上

向上攀登，然后向下俯视

生命不应只是

从摇篮到墓地的自然距离

而应是一条从远古至今

由父母子孙结成的长链

生命是一种责任和使命

它的本质在精神

崇高的圣洁的面容

就是生命

收拢起翅膀栖息在我诗中的美

就是生命

简洁得像一滴泪的爱

就是生命

它的生长、繁衍、衰亡和再生

是生生不息的

是永恒的回归

它的价值在为了生存

而放弃生存

为了生存而奋斗终生

这样的生命才是有重量的

才是真实的

我想起泥土

祖国无处不在的泥土

养育生灵万物的泥土

流过江河、血和民歌的泥土

我们必须向它鞠躬致敬

无论汗碱味、血腥味、泪酸味的膏壤

都是淳朴而憨厚的

像父亲的脊背

母亲的乳房

从我们一出生

就是它给我们

水、乳汁、粮食和葡萄

给我们从糖到锌，到钙，到铁

直到死去也只有它收留我们

它的每一粒都吻过

我们粗糙的脚趾

它是离我们生命

最近的东西

紧连着我们的根

神经和感情

对于我们

一抔土

就是一片辽阔的大陆

我想起石头

我们把历史刻在石头上

让它记载我们悲壮的跋涉

回响我们生长的声音

我知道它们

并不是冰冷的矿体

它们是肃穆而纯净的

我们爱忠贞的石头

把气节写在监狱的墙壁上

把胜利写在碉堡的石头上

从它清晰的纹络

我们可以

提炼精神力量和稀有金属

发现生命和火的种子

我们爱有记忆的石头

倾听它终古的幽怨和欢乐

从井冈山的崎岖小路

到天安门广场的石板

从博物馆的石阶

到纪念碑的碑身

我们悼念那些

让石头开出花朵的英雄

纪念碑是人间

最简单的建筑

但对我们这个

受尽压迫的民族

它却是最圣洁、最肃穆

最凝重、最丰富的

在它面前

只有在它面前

在从它顶上垂下的

编年史面前

我们才能学会思考

在思考中成长

七

该怎样建设我们的国家

我们这个

又古老又年轻

又富庶又贫穷

又文明又愚昧

又单纯又复杂

又强大又软弱

的国家

胜利和失败教育了

我们的党和

我们的民族

暴风雨

使他们变得

勇敢和成熟

一个和世纪同龄的老人

一个中国人民忠诚的儿子

一个极具历史远见和

洞察力的化身

他的生活道路如此陡峭

为民族命运整整

思考和战斗了一生

磨难和坎坷也紧紧

伴随了他一生

此刻，他和打不倒的

真理——

这是一柄剑

一座城堡和

一面旗帜

并肩凝望着

浓雾紧锁的中国

什么是社会主义

怎样建设社会主义

一千九百七十八年岁暮

他自信而坚定地说

要实事求是地认识现实

以实践检验真理

他自信而坚定地说
必须改革，必须开放
机敏、犀利、深邃的声音
不断在大厅回响
使中国沉沉的天空
裂开一道明亮的口子
他的声音
震动了中国大地
融化了最远的山巅的冰雪

这是比他和他的战友
曾指挥过的
大进军和决战淮海
更深刻更重大的决策
必须改革，必须开放
两个最富生命亮度的词
两个精力旺盛的坚硬的词
轰隆隆的声音
打破"两个凡是"的桎梏
摆脱农业社会基础的羁绊
粉碎封闭保守思想的枷锁
摧枯拉朽的崩裂的声音
就这样解开了中国的难题
把我国惊天动地的大转变
写进了历史

中国，尘封千百年的
钉着巨大铜钉的红漆大门
打开来
锈蚀的门轴转动的声音

回响在世界

一扇扇向海的窗子打开了

涛声、浪影、清新的大气和

大洋上蓝色的海风

一齐涌进

看外面

万种风情跃动的世界

色彩，何等绚丽

交响，何等繁富

对于瞬息万变的世界

中国尘封得太久了

从心的门窗到

空间的门窗

打开来

立刻，中国同世界的距离

现实和神话的距离就

缩短了

在风雨险阻面前

我们决不能跪着进入新时代

我们要站起来

把长矛、火铳、草鞋和马灯

统统送进博物馆

让它们在展橱和时间面前

为我们的后人

讲述历史故事和今天的

一种崭新的思想

一种渴望

一个理想

一种哲学

一种永恒的颠扑不破的

真理

我们必须学习

人类进步的文明

一个民族一无所有

并不是贫穷

不肯突破、创造和前进

才是真正的贫穷

必须改革，必须开放

他的话

落在南方渔村

便耸起繁华的新城

落在滨海大城

便激起黄浦的潮涌

落在深山

便亮起耀眼的灯光

落在荒原

便开出灿烂的花朵

他的话

唤起一个大汗淋漓、热气腾腾的

中国

这是一个何等生机勃勃的时代

一个崭新社会形态的中国

开始出现在大地上

甚至在边塞

掩埋征人白骨的地方

甚至连没有人烟的

荒山野水

都一齐改变了自己的

命运

八

看，在我的国家

雨后的田野

湿润的山脚

蒸腾着雾气

雨滴从树叶上

旋转着滴下

滋润着

黑土地上的高粱大豆

黄土地上的稻黍荞麦

红土地上的橘林甘蔗

前天，农村里

土地签约大会刚刚结束

千山万水间，田畴

重新找到了勤劳的主人

昨天，农业科技讲座

正式开始

今天，农民们

在阳光下

高举起他们的土地

高举起稻谷、水果和

理想的芬芳

以朗朗的笑声

照亮生活

他们将用最干净的汗

浸透每粒饱满的种子

这里的每棵禾苗和果树

都是激动的

它们欢乐的梦和幻想

就要实现了

如果你在农家庭院里

看见成囤成囤的

玉米、小麦和大豆

屋檐下是低垂的谷穗和

红灯笼般的辣椒

你就知道

他们追求的愿望就要实现了

如果你从一座座楼台

一条条大路

一片片花坛和草坪

望出去

就会看见

摆脱了贫穷的新农民

实现了梦寐以求的生活

有多么幸福

他们再不是

一弯下腰就是一辈子

他们用新观念、新技术、新农机

解放了自己

使中国九亿农民

发出了从未有过的笑声

我们用河水、煤炭、石油、核能

甚至风

甚至太阳

一起推动机器和

社会的轮子

前进
首先是劈开枷锁的大脑

我歌颂我们时代的新人
他们打碎五千年的陈规陋习
以新的思维方式和新精神
进行思考
他们再不只是
生活在一个单纯的物理世界中
而是生活在一个符号宇宙中
在科学、技术、历史和语言的时代中
没有谁能逃离他们的时代
他们的时代精神
就是中国的精神
每一个个体
不过是自己最小的一部分
每个人都会扩展到
全部社会
他们会在整个大地上
感觉到自己的存在

在我的祖国
人民大会堂里
来自八方的各族人民代表
不断地思考、议论、表决
人人关心时代和祖国
远胜过关心家庭和自己

这是一个风风火火的时代
是人的思想

红色岁月 红色历程 红色史诗 红色经典

进入一个新的活跃期的时代

孩子是天真和遗忘

青春是突破和挑战

而一些富于探索和

创造性的开拓者们

以其敏锐的触角

智慧和胆识

无所畏惧地奔跑在

探索和追求中

勇敢地打破种种

不合时宜的传统和习惯

打碎千百万人满怀惊惧

对之顶礼膜拜的东西

一些旧的思想观念

死在黄昏

一些新的

诞生在早晨

他们是创造新历史的人

是我们时代生机勃勃的部分

庄严的部分

在我们的生活中

时代造就了他们

成为企业家、厂长和

建设新世界的带头人

他们又创造了时代

迅跑在时代最前面

阳光照着他们

睿智的前额

如今，在我的祖国

无论山麓、峡谷或平原

也无论高原或滨海

到处是建筑工地

只在不久前

青砖粉墙代替了茅屋

而今明亮的小楼

又代替了砖房

中国，所有的乡村

都竞相站起来

像星星占满夜空

使人处处感到

一个民族巨大的呼吸

旧城郊区

大路、管道、电线、光缆

直通向一片片

开发区、工业区

科技区、保税区

那里是崛起的

汽车城、电子科技城、金融中心

高耸入云的起重机

与脚下的荒草对话

它的钢铁的长臂

不倦地在空间

抒写明天

转眼，一幢幢高楼和厂房

便耸立在蛙鸣鼓噪的田野

人们把用

花岗岩、水泥、不锈钢、幕墙玻璃

组成的现代化建设

编入微机程序中

巨大的

挖掘机、推土机、压路机、搅拌机

开翕着宏阔的肺叶

喘着气

挖掘、推走和压碎

千百年的贫穷和苦涩

在城市，在乡村

大厦工地上

最后一车水泥浇灌在

楼顶的模板内

又一座高楼

欢庆封顶的彩旗

迎风翻飞

工人被升降机

不停地载向半空

焊接钢筋，安装门窗

火花飞溅中，可以看见

黄色安全帽下

一张张坚毅的面容

一双双发亮的眼睛

在海边，蓝色的波涛

拍打着一座座新港码头

拍打着外堤和浮标

昨天，又一艘巨轮

在彩带飘动、海鸥环舞中

从船台滑道驶向远海

主机马力、车叶、船壳、骨架、锚链和绞盘

都是忠实的

在我们的海域深处

翻滚的白浪

拍打着屹立的采油平台

而在码头上

二十万吨的卸矿的泊位边

六十米高的卸船机顶天矗立

一次能抓取三十吨铁矿砂的

巨型爪斗不住在空中伸展

另边是龙门起重机、架式起重机

挥舞着灵巧的手臂

列队的集装箱

红色的、蓝色的、黄色的像积木

闪烁在波光里

比群山更巍峨

集装箱装卸桥

正等待命令，准备装船

炼钢炉前连铸工段

大学毕业不久的新工人

正挥汗如雨

炉口泻下沸腾的钢汁

像熔化的太阳

那是有生命、有力量、有思想的

钢汁，烘烤着

曾经贫瘠的土地

一块块裸露的山岩般

铁青的钢锭以及

张张钢板、条条钢筋

瞬间便变成

城市和时代的骨头

加强我们和生活的

红色岁月　红色历程　红色史诗　红色经典

高度和力度

重型机械厂
几万平米的高大厂房里
油和水流淌着
飞溅着铁屑和火花
天车沿轨道衔着工件
匆忙地滑行
厂房里蹲着
一排排巨大的
数控机床、切削车床
自动车床、转塔车床
无论单轴或多轴
无论立式或卧式
都像一只只蜷伏的野兽
刀具、刀架，油光闪闪
雄心勃勃地等待大显身手
切削、刨削我们的生活

纺织厂里
无论棉纺、毛纺、麻纺、丝纺
呢绒、布匹、绸缎
像巨大的色彩缤纷的
瀑布，凌空悬泻

花园般的厂房
敞亮的车间
从四海引进的
新设备、新技术、新的工作方式
工人坐在电子计算机前

按着键钮

注视着荧屏上闪烁的

图表、符号和数字

他们用计算机管理的

信息系统，支撑着

整个生产过程

流水线上

永不疲倦、永不疲倦、永不疲倦的

一个个零件

都是驯顺的

驯顺而又急切地流过

等待获得自己的生命

穿白工作服的女工

像美丽的女神

以聪明的头脑和

灵巧的手指

组装难以置信的

元件和器件

双恒温控制系统

动力总成控制系统

磁液助力转向系统

卫星通信导航系统

语言声控系统

旋转的轮子以及

这些可爱的明亮的

难以置信的东西

一齐加入了我们的

今天和明天

在实验室的试管和显微镜之间

在理论和实践之间

一篇篇论文正待发表

一项项专利正待申报

只在不久前

还是一座座穷困的小村

转眼，齐刷刷高昂着头

站起来

高大的楼房和厂房

像一个个硕大的魔方

未出几天

就把一箱箱优质产品

跨洋越海，送到

世界每条大街的柜台上

"中国制造"

"中国制造"

"中国制造"

使每双看到它的眼睛

吃惊

曾几何时，在我的祖国

从学校到工厂

从医院到商店

到处都是

电脑显示屏、键盘、主机

打印机、复印机、传真机

人们用双手

实现几代人从不敢想象的

渴望

转眼

在高山峻岭间

打通了几百条隧道

在滚滚洪涛上

架起了几百座大桥

使火车朝发北国，暮临南海

在长江三峡

筑起水的阶梯

为我们拦洪发电

大地上，一条条高速公路

正待启用

蓝空里，一条条新航线

又已开通

我们把输油管线和光缆

通过永冻层和生命禁区

铺向喜马拉雅山的雪岭

通向太阳

随后是火车笛声的歌唱

在大洋深处航行的

是我们的科学考察船

在南极的冰雪里

有我们的科学考察站

我们要闯进从无人迹的空间

使极地的冰雪

听见中国的歌唱

我们的机器人

正在完成越来越多的工作

加速器和反应堆是时代的神经

阳光下，庞大的核电站

闪光的厂房代表一种

新的工业精神

我们要用智能

征服时间和空间

完成先人飞天的梦想

我们的火箭

愤怒地挣脱五千年的混沌

直冲云海

苍茫长穹里

闪烁光芒的

是我们的卫星

我们要用自己的眼睛

从太空通过不同波长

观测我们的家园

这个梦幻般的蓝色的星体

从传感器发出

超高分辨率的图像

监测我们国土上

空气的污染

森林的破坏

海洋的温度

我们要重新认识

头上的云

身边的风

脚下地心深处的奥秘

我们要通过自己的宇宙飞船

以超过第三宇宙的速度

遨游天宇

从窗口俯瞰长空

穿过星云

和遥远的星斗

对话

我们要建设宏伟的

图书馆、科学宫

博物馆、展览馆

华丽的大剧院

我们必须有

第一流的大学

第一流的医院

第一流的研究中心和

实验室

把城市的高架桥

建成道道彩虹

把城市的地铁

筑成辉煌的宫殿

我们用系列化妆品

打扮我们的城市

有民族风格又有现代意蕴

有星级宾馆

有花园

有雕像

有喷泉

让闪闪的灯光做戒指

戴在城市的手指

让林带和花圃做项链

戴在城市的胸前

在旅游区

有度假村，有网球场

有游泳池，有游乐园

我们的城乡处处都是崭新的

都蕴含一种

东方精神和

民族情韵

让巍巍圆柱

支撑起一个曾经软弱的

民族的尊严和力量

这是一个大流动、大变革的时代

每个人的智慧和劳动

都得到承认

在有些贫困的地方

老人的儿女奔向大城市

大城市在南方或北方

在老人不敢想象的远方

那里没有鸡鸣、畜粪和柴烟

那里是浮动着香水和奶油

气息的地方

那里有严肃的

红灯和绿灯

有无数繁忙的车轮和

急促的纷沓的脚步

那里楼房很高、天空很低

巨大的超市摆满

五光十色新奇的产品

离它们最近的是

科学技术的严谨和

知识的闪光

后面是金钱和牙齿

在竞争和角逐中

在铁的法制中

明码标价的劳动

使他们第一次发现

晶莹的汗水

除去渗进泥土之外的

价值

在城市的缝隙

在广告牌的缝隙和

人流的漩涡里

他们的心脏和

时代的心脏

一起跳动

他们成长起来

每次回家

都会把这些新闻

告诉老人和土地

使农村恒久凝固的生活和

它的明天

掀起如海的涛涌

让商品和商品流动起来

使生活更快地前进

让速度和速度叠加起来

使历史高速运转

让社会主义市场经济和

高度的科技文明

推动一个黄土般沉郁

岩石般古老的国度

在闪亮的大道上

飞奔

我们理直气壮地收复

曾被海盗掠去的

星座般的岛屿和城市

犹如领回一个个

失去母亲的孩子

使我们分裂成两半的天空

重新愈合

中国历史博物馆前

倒计时牌上

每秒一次的跳动

都是十二亿人

急切的呼唤

然后便听见他们

在极度渴望和泪光中

用还不大标准的母语

歌唱的回应

我们不需要别人一寸土地

但属于我们的每一块石头

都必须还清

我怀念阔别太久的台湾

我知道一伙伙海盗

始终在觊觎着你

而台北博物馆

在一次次讲述

你的历史

你的每棵树每棵草的须根

都深扎在五千年深处

都是和大陆紧紧相连的

我怀念那里的

父老和兄弟姐妹

阿里山的霞光

日月潭的溪水

都是我们共同的

欢乐和眼泪

无论台北或台南

每根琴弦的颤动

都是黄河支流在流淌

无论台南或台北

每盏灯光的照耀

都辉映着天山天池的星斗

此刻，我分明听见

基隆港口的帆

高雄港口的鱼

都在热切呼唤

久别的祖国

而祖国母亲温暖的胸膛

时刻都在期待拥抱她

离别太久的

归来的儿女。

九

我们建立了社会的法制

给人和人的关系、人的行为

以新的准则

使一切事物

都有自己的位置和秩序

在人的名义下

我们追求人和自然的和谐与平衡

我们重新认识苦难和幸福

重新认识精神和物质

在今天的生活里

红色岁月 红色历程 红色史诗 红色经典

抚摸着父兄身上的创伤

不能忘记远去的岁月

我们睁大眼睛

警惕，不能使金钱

成为我们的宗教和

至高的神

我们以雄心勃勃的欲望和

现代意识

占领繁忙的空间

用哲学的力量

科学的精神

工业的辛勤和

艺术的美

用雄辩的热情和

朝花般的梦幻

用社会主义的新文明

建设充满魅力的新世界

让繁忙的新生活

拥挤在晨报和晚报的版面上

放映在电视机的屏幕上

每则新闻都告诉人们

生活在今天

何等艰辛却又何等甜蜜，并且

雄辩地证实

曾被视为软弱的中国人的意义和

十二亿人生命的价值

改革渗透了我们

今天的全部生活

从一个人

到一个家庭

从一个群体

到整个社会

从观念

到行为

从思维方式

到生活方式

解放了禁锢思想的人们呵

他们所释放的力

百倍地超过高能的铀

看今天，由于他们的创造

使我们的每一天

都产生多少奇迹

无论在哪条战线

我们的每一天

都是丰收的节日

望着这巨大的变化

怎不使我热泪滚滚

祖国，我多想赤着脚

走遍你

每座城市，每个乡村，每条街道

去看看你到处

都活跃着的生机勃勃的东西，到处

都有的遏制不住的活力和喜悦

我们的每个人和

每个生命都已从

噩梦和迷惑中

醒来

在广阔的生活里

每条根茎都不断

输送向上的力量

每个生命都在自由地

劳动和创造

无论谁都会

从每一秒钟里找到

真实的代价和意义

如今，我们人民，过去

每爿茅檐下都曾有过的

叹息和苦歌

已经遥远

那些被屠杀的血

被奴役的泪

被压抑的呼声

都已留在昨天

成为历史故事和

生长英雄史诗的种子

今天，我们每一个人

都忙碌得像工蜂

以诚实的劳动

获取尊重和报偿

每个人都愿成为

祖国事业的燃料

在庄严与欢乐里

在行动里

为它燃烧

祖国呵

一个人能生活在今天

亲身经历并参与

发生如此巨大变革的时代

分享它的欢乐和困苦

有多么光荣和幸福

十

这曾是我们百代先人的梦想

但许多人都未能

享受到这种光荣与幸福

他们把这些

让给了我们

一团真正燃烧过的火

无论以怎样的形式熄灭

都会令人永难忘怀

我永远怀念一位英雄

那时他还年轻

还不大懂得爱情

但在艰辛中

却懂得生活

却知道怎样保卫祖国

那是三十年前的一个夜晚

没有月亮也没有星星

坐卡车上去南方边境

消灭一小股骚扰边民的敌人

枪在怀里

手榴弹、子弹袋和急救包

总动员，紧倚在身上

旁边坐着生死与共的战友

剩下的是对敌人的仇恨
是满腔决心和勇敢
这就够了

夜色中卡车向南疾驰
载着团团燃烧的火

连绵起伏的山脊在前方
烟云水雾紧裹着它滴血的伤口
车上，绿色的伪装网轻轻掀动
卡车驰过村庄的泥泞
树、野草和
旋转的田野
稻禾的气息
泥土的气息
柴烟的气息
多么熟悉的家乡的气息
只是没有妈妈的眼睛和
灯盏

"想家吗？"
"当然，家乡就在身后
我永远难忘童年时
妈妈从邻居借盐回来的情景
两年前，我最后一次离家
风，撩起妈妈蓬松的头发
爸爸挥动着放不下的手
我喊着，我会回来！我会回来
不知他们听到没有
这是两年前离别的情景"

"不能让敌人破坏我们的和平与安宁

新中国已经不是旧中国"

"等胜利后离开战斗岗位

我们一起去学习不会的工作吧

我们一起

到建设战线去

一个人一生

能保卫祖国

又能参加祖国建设

这才叫人生……"

那个三十年前的夜晚

没有月亮也没有星星

去南方边境的路上

空气严峻得像青铁

一个严峻的秘密

埋在最美的感情深处

欢乐和痛苦

在每个人的心上颤抖

　　亲爱的爸爸妈妈：你们好！

　　前几天收到爸爸的信，心情激动得一气看了好几遍。

　　很快我们就要投入严惩敌人的战斗，小时候和小伙伴拿了木枪追逐着打仗，现在却是真枪实弹地到南方边境去执行保卫人民和平生活的庄严任务。这是国家给予我的神圣职责和人民对我的信赖。

　　战斗是要付出代价的，哪怕是不大的战斗。由此我想到生死这个既熟悉又陌生的字眼；对它们，过去从未认真地想过，如今，我是第一次郑重其事地思考它的分量。从个人愿望出发，我当然不愿死去，我热爱生活；但如果必要，为人民幸福、祖国尊严去战斗，死也是十分值得的，是心甘情愿的。

爸妈寄给我的全家的照片，我一直带在身上，我知道有全家伴我奋勇作战，我们一定会胜利。我不时打开笔记本看这张照片，一个人一个人地看，总感觉妈妈比我上次回家时又瘦了一些，倒是小弟壮实了。请爸妈多多保重吧！小妹笑得多甜蜜，想起小时候我常打她，手也没轻没重，常把她打哭，如今想来真是懊悔，请小妹原谅我吧！

现在，我是在出发前写这封信的，这封不长的信竟被紧急情况打断了两次……

亲爱的爸爸妈妈：你们好！

我一切都好，不要想念我吧！

现在，我是在南方边境线上度过我一生中不平凡的日子。我想念你们，也想念奶奶和弟妹，但一看到敌人把我们这里的村庄毁成这个样子，就更加想到自己的责任。我们是为保卫祖国而战的，想到这里，越发激起我杀敌的决心。

在这里，我也常想起和我建立了两年多深厚感情的小芹，最近不知她去咱家没有，她是个好姑娘。她上月给我的信，我也始终揣在怀里，等我战斗胜利后就可以回家结婚。

爸爸妈妈，这里的气候比家乡暖和，山野是翠绿翠绿的，昨天我采了两朵小野花，夹在日记本里了，想寄回家去，黄色的给小妹，紫色的给小芹。记得她们喜欢这种颜色。这是边境线上开放的小花，作为纪念吧……

亲爱的爸爸妈妈：你们好！

今天我们在搜索前进，我想，走在前面牺牲的危险性最大，作为排长，应该走在前面，于是，我就毫不犹豫地赶上前去，带领战友们组织潜伏和观察。这时我看到战友们高昂的士气，心里有说不出的高兴。正向前搜索时，突然，从右侧隐蔽处的草丛里打来一发冷枪，我们一位战友倒下了，跟在我身边的战士，顿时痛哭起来，一边哭，一边射击。我们从未经历过这样的场景。我劝他别哭，可自己也是哽咽着说的，我的泪水哗哗地淌下来。我转过身，偷偷擦了擦眼泪。后来我们终于消灭了两个敌人，收复了一个小高地，给牺牲的战友报了仇。

任务完成后，连长来迎接我们，和我们握手拥抱，他含着泪一个一个地认真端详着我们，好像不认识我们似的，又好像是久别重逢的亲人；但是我们却牺牲了一名很好的战友。没有把他平安地带回来，我心如刀绞，哇哇地哭起来。他只有十九岁，就永远离开了我们。他可爱的模样我一辈子也不会忘记！

爸爸妈妈，经过这次小小的战斗，我仿佛变得成熟了许多，也更加勇敢坚强了。这里，我想说一下，以后如果还有这样的任务，我仍要义无反顾地参战。如果我牺牲了，爸妈一定不要难过，正像爸爸说过的那样：为国捐躯是光荣的。奶奶从小就喜欢我，如果我牺牲了，请不要告诉她，她年纪大，怕受不了；要做好小芹的工作，同时希望弟妹一定要努力学习，提高文化水平，将来报效祖国和人民。我们决不能愧对祖国！

这是三封三十年前
写在笔记本上
没有发出的信和
一张照片，两朵野花
一起埋在一个年轻指挥员的
浸染了鲜血的胸前
在他的第二颗和第三颗
纽扣之间
埋在硝烟里
埋在野草和露珠里
埋在可以着火的泪水里
埋在梦的尽头
痛苦和爱的尽头
它们和他的结满汗碱、尘土的
军衣粘在一起
和绛紫的精壮的血渍
粘在一起

辉映着祖国边境

喷薄的霞光

怒长的野草和

迎风招展的旗帜

三十年了，三封信

覆盖在死亡之上

它屹立的每一个字

都是一个民族的精神

都是正义的血肉和

祖国的历史

一条奔腾湍急的河流

就这样折断了

虽然，它未能流到大海

可怕的消息终于

在一个落雨的傍晚

传到中国山村一个家庭里

传到他朴实的父亲和母亲的心里

传到他年幼的弟弟和妹妹的心里

传到一个

尚未尝过爱情甜蜜的姑娘的心里

那时他只有二十三岁

在那三封信到达之前

对于牺牲和死亡

我们该怎样说

我们还需要说些什么

我们该如何称颂这位英雄

要如何安慰他的亲人

又如何报告祖国

都不必要，不必要

因为对于这一切

我们绝不比他

理解得更多，更深刻

也绝不比他的亲人

理解得更多，更深刻

我们虽然生活在没有战争的年代

却时时会有不测的风雨

一个人生和死的距离

往往只隔一条细线

一个二十三岁的

没有留下名字的遗体——

祖国一粒精壮的草籽

静静地埋在他倒下的地方

战友用枪声和哭声

掩埋了他

在花一样红的黎明里

他们的胜利和牺牲

刊在报纸上

使每个人的心灵震颤

难道我们不该

检查自己的骨头

看看它同祖国的关系

同历史、明天和理想的关系

对祖国和人民的爱

对正义和真理的忠诚

是我们的先人教给我们的
为了未来和平的生活
我们要把它传下去
让我们每个人都来骄傲地
传递生命
他忠实地做了这一切

这已是三十年前的往事
那座曾经战斗过的小高地
把这位二十三岁的英雄介绍给我
让我看到倒下的死亡和
站着的胜利

三十年往事如烟
但他的哭声、笑声和
他的故事
至今仍响在我的心头
那两朵染血的小花
至今也没有枯萎

如今，他像一盏灯
永远照耀着我们
轰轰烈烈的建设事业和
每个人蓬勃的生活
那在大学讲台上和
计算机前工作的中年人
不正是他的弟弟和妹妹
在他的期望之光中
建设着祖国

我们的人民

就这样对待生活和不幸

又如此热爱自由和真理

他们就是这样理解

生和死、荣与辱、苦与乐、历史与未来

当他们为保卫祖国和正义而战时

他们绝不会把这种权利让给别人

我们的大地就是这样

跃动着它的儿女的生命——

他的骸骨

就是我们巍峨的山

他的血

就是我们奔腾的水

让罗丹的思想者

抬起他沉思的头，站起来

让世界睁大眼睛

惊奇地眺望沸腾的

东方大陆和我们吧

让烈日下磅礴的乞力马扎罗山

冰清玉洁的阿尔卑斯山

落基山、安第斯山和

大洋深处的海鸥般飘忽的礁岛

甚至南极洲蓝色的浮动的冰山

都从世界各地

踮起脚来眺望东方

看中国的战斗和建设吧

让人们怀着希望

倾听中国的声音

这是地球上
最高亢激越的庄严的声音

我的民族就是这样
在不断地
思考、探索、抛弃、牺牲和
创造中
百倍信心地前进
三千春秋，百代梦想
十二亿中国人就是这样
在不断地奋斗中
为历史
铸成遍地永开不败的
花朵

十一

当成千上万双废寝忘食的手
仍在忙碌之中
当成千上万双力图脱贫的眼睛
竞相搜寻致富之路的时候
当比土地还憨厚的农民和他们的
拖拉机的轮子和镰刀睡去之后
蔬菜大棚里，一畦畦
番茄、扁豆正在梦中静静地生长
当城市脉搏在股票大厅的指数上
闪闪跳动中
当"破产""兼并""上网""期货"
这些陌生的词
不断闯进我们的生活中

在清洁工开始打扫

忙碌一天的街道中

在广告牌上妩媚的女人

推销产品的叫声中

在建筑物的阴影下

警察驱赶小贩的慌乱中

在霓虹灯跳跃旋转

闪动得使人眩晕中

在到处都有的

角逐、压榨和搏斗中

这里，也有忧伤的云

有污浊的大气

窒息的河流

倾斜的夜街

在每一个普通的白天和夜晚，这里

也有触目惊心的贪污和腐化

也有失业者的焦虑和求职的渴盼

也有权利和金钱的交易

也有制假贩假的诡秘

也有官僚主义和可怜的逢迎

也有取悦权势的庸俗和卑鄙

也有凶杀、抢劫、诈骗和勒索

也有偷税和走私

也有吸毒和艾滋病

穷学生的妈妈，正在

为孩子的学费四处奔走

危重病人，正因无钱医治

在焦虑中喘息

此刻，打着饱嗝的营养过剩的胃

正醉醺醺走出海鲜酒楼

大款拥着妓女

正在舞池里扭动

江湖医生在路灯下

张贴性病治疗广告

老鼠从阴沟里跑出来

寻找吃食

点缀在街头巷尾的

白天是数不清的

矛盾和谜团

夜晚是溢出垃圾筒的

空易拉罐、啤酒瓶、塑料袋、卫生纸

在寒风中瑟瑟掀动

生产、遗弃、堆积、排泄

诞生和死亡

欢乐、悲怆、惊喜、窃笑

烦忧和痛苦

但是，无论谁都不能不承认

在人类发展史上

这个世界人口最多的国家

这个曾经贫穷、软弱

任人宰割的国家

中国共产党人干得

何等出色

他们以智慧、勇敢和理想

以一种大无畏精神

忘我地工作

他们创造性的劳动发挥得

何等无与伦比

他们正矢志医治创伤

他们坚决涤荡污水

最终会使人类发现

这个民族的十二亿人

在享有当家做主的权利后

怎样懂得了劳动的价值和

人生的意义

最终会使人类发现

由于他们艰辛而诚实的劳动

使今天生活发生了

何等巨大的变化

最终会使人类发现

真正的人的本质

衡量人和自然分离的程度

就是社会文明进步和

发展的程度

最终会使人们看到

一个拥有十二亿人口的民族的崛起

给予历史发展和社会进步

带来的巨大深刻的含意以及

难以估量的作用和影响

橱窗里，服装模特儿

冷冷地望着

站在那里

坐在那里

蹲在那里

躺在那里的

生活，正和大地上

每条大河和小河的流水

一起无声地、不息地

匆匆流过

十二

我们爱我们的国家

爱她庄严美丽的旗帜

鲜艳的红光中

五颗金灿灿的星星组成的

光芒四射的星座

它的飘动的声音

是我们民族心灵的声音

有呼号，有呐喊

有鼓舞，有激励

对于十二亿蓬勃的生命

红色，是勇敢热烈的颜色

火的颜色

是我们生命最后的颜色

每天它总是和

新的太阳同时升起

燃烧在澄澈的天宇

成为蓝空和宇宙的一部分

辉耀在旋转的地球的

前额

它的拂动

是在歌颂新的天空和霞光

是在歌颂新的土地和种子

在我国

在西部苍莽高原和重峦叠嶂之间

是黑黝黝深不可测的

喜马拉雅大峡谷

山麓下有绿草滩
沼泽间有小溪流
它的邻居是我们
两条巨流的源头
在这里，抽动的经幡边
就是我们祖国鲜红的旗帜

在南方，在我们蓝莹莹的
烟波狂涛之上
只有白的浪花，白的云朵
在它们中间
是白鸥翻飞闪动的
翅膀
如果礁滩上
还有一把白莹莹的珊瑚沙
在上面飘动的
就是我们祖国鲜红的旗帜

在东部，喧嚣繁忙的大城
千幢大厦巍然矗起
一座座密林般的起重机的长臂
同码头上巨大的龙门吊相邀
共同衔起壮丽的新城
在高高楼顶的烟云上招展的
就是我们祖国鲜红的旗帜

在北方，苍郁的白山黑水间
在林海腹地
冰雪和烈酒的深处
有我们小小的山村

在泥土和树脂的清香中
在小学不大的操场上
同鸽子一起飞翔的
就是我们祖国鲜红的旗帜

巍巍的珠穆朗玛峰
是地球的制高点
是我们星球的荣耀和骄傲
在死亡和生命之上
在冰封雪裹的山巅之上
在冻云和星斗之上
飞扬的
就是我们祖国鲜红的旗帜

世界每一双眼睛
从地球各个大陆
各个角落
都能看见它的拂动
迸射出所有恒星的光芒的拂动、火的拂动
是生命的诞生和成长
都能听见它的声音
阳光倾泻的声音
江河流动的声音

当年乡村农会土墙上
那面染血的红旗
就是后来沿梭镖升起的
就是天安门广场上空升起的
就是三十年前边境线上
高高升起的

旗帜
像英雄高昂的头颅——
我们庄严的旗帜

飘扬在少年们
胸前的红领巾
是祖国把旗帜
分给他们的
抽动在大漠烽火台
朝阳中的
如一件庄严的血衣
是我们民族圣洁的誓词
它以风的姿态展示自由
召唤古老大陆的儿女
永不停息地
前进

如今，五十年了
越是经过
惊雷怒电、凄风苦雨
越显出它的
伟岸和尊严
在地球那边
联合国大厦前
在世界所有国家的旗林中
我们的五星红旗
从容地微笑着
挽着身边无论来自哪片大地上的
哪一面旗帜
一起沐浴在阳光下

轻拂在和风里
大家都是地球的主人
大家都永远以友谊相处
友谊的含意是纯净的
既不识别肤色
也不分辨地域
既不需要帝王
也不需要奴仆
这是我的祖国
最古老的哲学
大家都该享有
自由、尊严和民主
他们的权利是相等的

十三

我们古老民族的
儿女和后裔
散布在千帆之外
在世界各地
如满天星斗
他们不是流浪
境外的云
也不是没有家的
风
无论走到哪里
都会用一双眼睛
望着东方，并且
都会听到东方大陆上
那棵大树的声音——

树冠拂动大气的声音

树根吸吮雨水的声音

在树的眼里

他们是片片叶子

在山的眼里

他们是块块岩石

那树，那山

时时轻唤四海的游子

这时他们常会

溯回到生命的源头

思考自己

他们虽住在异域

高楼大厦的城市

却总系念黄河边

乱山漩涡的小村和他

永远长不大的

沾有乳香的乳名

当年茅檐滴下的

水珠，分明是儿时

妈妈的汗水

在科研中心的实验室里

总想起中学课堂上的

量筒和试纸

在拖拉机和巨大的联合收割机前

仍时时忆起童年的

镰刀和锄头

把它们当成直系血亲

犹如父亲的骨头和牙齿

在严格的数字技术和

红色岁月　红色历程　红色史诗　红色经典

冷漠的机器之后

总涌起火辣辣的

亲情

当一天工作结束

回到家里

坐在阳台的白帆布椅上

总会想念

听惯羌笛的长城和

有羊皮筏子的黄河

总在怀念

生长甜甜的甘蔗和

苦苦菜的祖国

遥远但却满怀亲情的

憨厚的祖国

时间是一堵厚厚的墙

谁都再不能回去

但在他们舌尖上或舌根上

雀巢咖啡和可口可乐

总不如龙井或茉莉茶的韵味

西式甜饼

总不如家乡的水饺

春节时，他们怀念

冰雪映照下

通红的春联

像全家人团聚的笑脸

元宵节时，总会记得

土灶前，奶奶为糯米元宵

点红的情景

端阳时，他们会闻到

家家门前荡起

蒿艾和菖蒲的清香

中秋时，望着

圆圆的月亮，围着

圆圆的餐桌，举着

圆圆的酒杯，吃着

圆圆的月饼

心头总迭现

家乡瓦脊上或茅屋顶上

静静踱过的明月

涌起比一千年前

李白举头、低头时

更浓的思绪

这时会有多少

失眠的琴

失眠的灯

失眠的笔

失眠的枕头

他们总是惯于使用筷子

把它当成一种生活方式和

传导民族情感的

精神联系

他们让黄琉璃瓦顶的

中式牌楼

挺立在世界街头

让圆圆的红纱灯

轻轻摇曳

在一条条"唐人街"

红色岁月

红色历程

红色史诗

红色经典

一座座"中国城"的

繁华的街道上

舞动的是从

中国云水间

游来的龙

腾跃的是从

中国密林里

奔来的狮子

尽管孕育了他们的

染色体和他们的

血的家乡,曾经贫穷

可在梦里

在烟云里

在远山尽处,远水尽处

在大路和小路

也找不到的地方

他们的鞋子不需问路

便能在

白云深处,青史深处

找到永不嫌弃的柴门

妈妈总是虚掩的

盼你回来的柴门

常常在秋风疏雨中

一声午夜归鸿

一声细如钢丝的虫鸣

也会使他们骤然惊醒

满枕风声

半窗月色

他们在远方轻轻地

一声呼唤

母亲都听得最清

这时家乡就会

立即从远方传来

殷殷的回响

这是一个巨大的存在

是一种力量

一片诚挚的含泪的微笑

像树叶怀念树根

像石头怀念大山

他们语音深处

总有挣不脱的乡音

埋在那捧热土中

流动在舌尖上

千年不改的乡音

夜半梦回时，想起故乡

常会想出苦味来

想出泪

想出血

想出胆汁来

望着窗前细雨

总想莫不是从祖国南方的

蕉叶上流来

望着门前大雪

总想起祖国北方又该有

檐下的冰溜和爬犁

那针灸、药膳

琴棋卷轴的故乡

那狂草、武术

红色岁月 红色历程 红色史诗 红色经典

京剧艺术的故乡

是孕育着永远割舍不断的

情思的地方

照身边也照天涯的

月亮，都知道

世界上一个民族的

思想感情

文化风俗和

心灵世界

是不能按经纬度来划分的

他们的历史传统

文化气质和

精神联系

不是界碑或铁丝网可以割裂的

既然他们的血液里

有黄河长江的基因

他们的脊梁

就会像泰山黄山

始终保持

自己的尊严

道德观念和

价值准则

他们厌恶

贪婪、欺诈、奴役和

偏见，以及一味

崇拜黄金的人

他们始终怀有

崇高的信念

勤劳节俭

尊老爱幼的美德和

温暖的亲情

他们的心灵

性格和精神

无论在哪里

什么力量都不会

使它们消解

谁也不会忘记

在整个世界的

自由和真理受到威胁

饥馑、疫病横行肆虐时

中华民族，炎黄子孙

总是首先举起

正义和人道主义的

旗帜

在远山那边，大洋那边

在乌拉尔山茫茫的风雪中

在塞纳河畔

在拉丁美洲

波涛激溅的小岛上

在棕榈树叶子

覆盖的澳洲的山谷

在盖马高原、长津湖滨

在人烟稠密的印度河

湄公河两岸

在艳阳如火的黑非洲

沙碛壅塞的贫瘠的农村

到处都有他们的坟墓

有石碑和花朵

在迢迢异乡，他们

并没有熄灭自己
始终受到人们的
尊敬和怀念
这种真实的存在
深刻影响了
全世界的精神领域
使人类文明
更璀璨
更成熟
更美丽
祖国呵，这是你的骄傲

十四

我不相信上帝
也不信仰神仙和真主
上帝在什么地方
佛祖和真主在什么地方
"来世"、"天国"、"神仙境界"
都在什么地方
在烟云里
在人的头脑和观念里
在虚无的黑暗里
我是无神论者
我不相信和崇拜
幻想的超自然的神灵
神仙和魔鬼，都是
人创造出来的
是人的心灵、眼睛和手指
创造出来的

操纵我们命运和

生活秩序的

是自己

我们只信赖

自己的双手

粗糙的却灵巧的手指

从小妈妈就睁大眼睛

仔细辨认着我

有多少箕多少斗的手指

手是人体最美的部分

超过树枝，超过花朵

我们只相信双手和

一寸寸打入岩石的钢钎

一寸寸铺起的大道

一块块砖筑起的楼宇

相信机器、科学和钢铁

相信电、巨大的汽锤

不断喷着汽，锻打

前进的时代和铸件

相信灵敏的电子、电脑和射线

相信从维生素和血清中

取得的自由

我们致力于对我们自己和

对宇宙以外的

广阔宇宙的研究

在研究中发现

在发现中认识真理

赤裸裸的石头般坚强的

真理

我们不倦地

观察、思考、假设和推想

甚至浪漫主义的遐想和幻想

我们以严密的论证和

逻辑力量，追求探索和

发现种种自然奥秘

我是无神论者

但我尊重别人的信仰

尊重原则性

尊重现实的复杂

宗教的神圣

信仰的虔诚和

音乐的纯净

不爱别的民族的人

也不会爱自己的民族

我们的理想里

有一个和平温馨的世界

不论在亚细亚

阿非利加

欧罗巴

亚美利加或

大洋洲

也无论黄种人

黑种人

白种人或

棕种人

各个国家、各个地区、各个民族

各有自己的语言

风俗习惯和

历史传统

各有自己的政治信仰

思维方式和

审美情趣

各人都该享有充分的自由

在同一片蓝天和白云下

不该有种族歧视

殖民主义、仇恨和

偏见

让东方的佛塔

绿色的清真寺塔尖和

西方大教堂尖顶上的

十字架和彩色玻璃

都各自伸向自己的天空

让那里白鸽的翅膀

自由地围绕它们

欢乐地旋舞

让钟声、鼓声和

管风琴的乐曲

在一棵树与一棵树间萦回

让古兰经、大藏经和圣经

都能在每个信徒心中

轻轻地自由地流淌

在我们的渴望中

理想闪烁在

文明的生活里

我们的每一天都是充实的

我们不喜欢用枪口

对世界说话

也不习惯用刺刀

思考矛盾

我们爱和平

我们懂得人类的

行为规范和理性

我们最了解

痛苦的力量

我们鄙夷奴役、欺诈和侵略

我们崇尚东方文化的温良与亲和

我们的先人两千年前

就提出人和人

应当相爱

它的力量比死和

死的恐惧更强大

我们希冀用爱

建造一座房子

让世上所有的人

都可以在劳动之后

在里面居住

再没有民族压迫

人口贩卖以及

毁灭性的大屠杀

再没有毒气室

焚尸炉

刺刀和铁丝网

没有突然飞来的

炸弹、导弹、原子弹

转眼便是烈火和灰烬

之后就是

血、血、血以及

被血沤烂的痛苦

人的生命是短促的

每个人呼吸的权利

都应该是相等的

孩子们有温馨的家庭和教室

青年人有甜蜜的爱情

在草坪、在海滩、在公园的长椅上

有说不尽的情话和幸福

而老年人用成熟的经验

讲述经历的教训和

毕生追求的理想

家家有灯光，有花朵

白桌布上闪烁着晶莹的酒杯

他们应该一起挽着手

满怀信心地

从一年跨进

另一年

从一个世纪跨进

另一个世纪

生命说，过去的时间

不是消失，是积累

未来的岁月

是希望和花朵开放的地方

是理想和果子成熟的地方

让大家一起

到那里去吧

十五

我的以血和金属
铸造的祖国呵
如今，你已结束
五十圈年轮
又将重新开始
我便想起
五十年，对一个人
就是整整一生
当年栽种的树苗
早已长成参天大树
站在今天的大树下
回望埋进泥土的
五十年前
当年的云朵已经飘远
地平线上
只留下我一行颠踬的
足迹
也许不久
风雨就会把它拾去
而今，却仍能依稀看到
0 公里处的路标和
站在远处的青年的
自己
五十年匆匆过去
当年的冰雪
都已化成潺潺的溪水

我的新中国呵

我清楚地记得

当年你诞生时

我正跋涉在五岭的密林里

和驮着机枪的马匹

一起行军

我们用枪炮的轰鸣和

马蹄敲击山路

迸出的火花

迎接你的诞生

那时，我曾想，祖国呵

如果我一生只有一滴泪

这滴泪只能流给你

如果我一生只有一滴血

这滴血也只能流给你

第二个十月时

我正在南海铁青的波涛里

舰舷边，浪声如鼓

我想，它该是天安门前

人们欢呼的回响

巨浪中，我曾请舰尾

盘旋的海鸥

把一个年轻人的豪情

告诉景山古柏间环舞的

鸽子

第三个十月

我是在异国战场上

新掘的战壕掩体

红色岁月　红色历程　红色史诗　红色经典

凝满早结的严霜

枪炮声中，我们

举起祖国亲人送来的

瓷碗和红酒

向你祝福

如今已是第五十个十月

我已进入老年

读起五千年前

那株古柏的自传

就更深地了解了

我们民族的历史

想起五十年前隐去的战争

已如遥远的雷声

当年我在日记本中

夹的一片叶子

早已枯萎

五十年来

我常在夜晚

徜徉在天安门广场

望着大街上的灯光

映着夜空的星斗

想起我童年时的流浪生活

青年时在这里罢课游行

后来节日里竞艳的焰火

想起我

坎坷的人生

时代的风雨

心灵深处隐痛的创伤和

凄苦中纯真的爱情

仍像当年时一样真切

也想起逝去的

战友和亲人，以及

我们历经磨难却始终不屈的

跌跌撞撞前进的

祖国

便听见历史弯下腰来

轻轻地对我说

致力于明天吧

比神话和风景更美的那边

是明天生活的真实

孩子们，请坐到我身边来

把你们的手给我

我想掰着指头告诉你们

这五十年过得多么不容易

胜利、欢乐、辛酸

眼泪和鲜血

凝成了我满头白发

现在，在阳光下，让我们一起

从第五十个十月和

二十世纪末的窗口

眺望未来

悲壮的二十世纪的

声声晚钟，犹如

古木的叶子已一片片落下

二十一世纪的晨号

即将响起

人类的理性和良知

正在唤起明天的希望

全世界所有的人

都在准备迎接

这不平凡的时刻

对于这个历史性的

庄严年代，也许

你们真正懂得它

需要一生

但我此刻仍要

一遍遍地告诉你

为我们创造明天的

不是庙前的香火和

教堂的蜡烛

是自己

今天，我们仍需要躬身拉纤

哪怕肩头

被号子和纤绳勒出血来

这是一种奋斗精神

是使命

犹如我们的父亲和先祖

让我们把贫穷和饥饿

踩在二十世纪的脚下

让它在那里咬牙切齿吧

让至今仍是贫苦人家的

残破的碗

露脚趾头的鞋

土炕上的稻草和苇席以及

涂染着断垣残壁的

凄清的月光

一起在二十一世纪门槛前

哽咽抽泣吧

很快就将是

第二十一个百年和

第三个千年的开始

只要我们带了

二十年前铸就的

那把金钥匙

那是先人留给我们的

会呼吸的思想和

珍贵的不动产

我们就会打开

二十一世纪的大门并

胜利前进

历史

将从一粒盐和

一滴汗中站起来

前进

多么幸运，我们

能迎接这光辉的

一天，我们

依依送走它最后一次落日

殷殷迎接最初的一轮朝阳

让我们

把过去的艰辛和痛苦

告诉它

把未来的希望和向往

告诉它

也许此时人类不免

时时面对哈姆雷特式的

疑问

"生存还是灭亡，这是一个问题"

我们说，我们在

信心百倍地创造明天

一条大河

将开始穿过

六十亿个有血有肉的

生命

穿过我们的生命

如果你专注地倾听

就会听见我们所思考

所追求的东西

明天，将是

工业化后时代

数字时代

信息时代

国际互联网时代

是信息高速公路

知识经济

克隆技术兴起的时代

对于人类

五大洲钟表指针

旋转的速度

是相等的

但人们的心境

却各不相同

对于我们

是充满希望和无限生机的时代

是连鸽子也充满欢乐和幻想的时代

是必将获得全面胜利的时代

作古的先人呵

我们只能用颤抖的手

抚摸你们的墓碑

背诵你们的遗言

然后就是永不止息地

攀登

我们相信

二十世纪后不是十九世纪

花朵之后是果实

孩子们

你们挽起袖子了吗

你们系紧鞋带了吗

让哲学、科学和艺术

为未来打破时空的羁绊

让执着的信念为我们

创造永恒的美学

在向明天的进军中

有什么困难

能阻止我们前进

现在在我的心里

陪伴我的只有

光辉的未来和幸福

我们是有科学信仰和

活泼思想的人

是有热烈创造追求和

冷静头脑的人

回忆前一个世纪

乃至一千年

世界上

眼泪和鲜血

已流淌得太多

我们要过和平的生活

对理性的人来说

只能有一个行为准则

那就是正义

只能有一种决定这个准则的方式

那就是理智

我们的先人毕生追求的

就是要建立一个

没有人压迫人，人剥削人的

自由、民主、平等的社会

一个人道的社会

大家在共同劳动中

共同享有一个

开满鲜花的世界

面对浩瀚时空

让我以一的名义和

以十二亿的名义

凭窗召唤五洲四海的朋友

让我亲切地问候你们

并致以深情的祝福

让我们都

相信未来

并满怀信心地

走向未来

尾声

爱是一口钟
它的声音是不受地域和
国界限制的
让它震荡四海的海水

爱是一棵树
它会为所有的人
遮蔽烈日和风雪
它庇护他们，并拥抱他们

爱是一条河
它滋润每一条须根
无论坚韧的或嫩弱的
并为它们不倦地歌唱

让我们
爱自由
爱生活
爱劳动
爱土地
它们会为我们
一半生长稻谷
一半生长真理

让我们永怀理想
它是我们的动力
让我们继续开拓和创造新文明

那是我们得以延续的精神和生命

现在世界上

各个国家、各个种族

都在以自己的方式

迎接这一年

我们用大鼓

你听见大鼓的声音了吗

雷鸣般的大鼓

礼炮般的大鼓

高山深壑间浑圆的大鼓

黄土深处的红色的大鼓

是我们古老大陆地心深处的声音

是我们民族的胸腔和喉咙发出的声音

轰隆隆，轰隆隆，轰隆隆

震撼寰宇

还有码头上的船笛

大道上的车笛

天空飞鸟，水里游鱼

每颗心头所有的弦都一齐响起

旗帜和气球的翅膀

彩带和歌声的翅膀

一起飞起来

扑打着伟大祖国的

每寸河山和每个生命

花朵溢出的是笑声

酒杯荡出的是诗句

听见吗，祖国

你的散布在各个大陆的儿女

都在向你衷心地祝福

五大洲都转过身来

微笑地望着我们

鼓掌、欢呼和歌唱

电台所有的电波传送的

不同的语种却是同一种声音

"东方的雄狮醒来了"

"古老的巨龙腾飞了"

"兄弟的中国创造了奇迹

到中国去，到中国去

谁不认识中国

就不知道世界的深度

就不知道历史的重量

就不知道人类文明的美丽"

开天辟地的盘古

尝遍百草的神农

钻木取火的燧人

安居建业的有巢

追日的夸父

补天的女娲

造车的轩辕

治水的大禹

千千万万聪明勇敢的先人呵

千千万万人民英雄和先烈呵

千千万万体现我们民族伟大精神力量的

生活的创造者和开拓者呵

看见了吗

听见了吗

你们的子孙

经历长途跋涉的

艰苦之后

而今，正以怎样忘我的劳动

创造新世界

二十一世纪的朝阳照耀的中国呵

晨风吹拂的中国呵

鲜花丛中的中国呵

遭受过巨大灾难和痛苦成长起来的

具有真正成熟之美的中国呵

对于你的伟岸和美丽

只有今天，只有今天

我才认识得

这样清晰和深刻

也只有今天，只有今天

我才真正理解了

作为一个中国人的

自信、骄傲和幸福

太阳

当你走过北京

是否看见一个老人

含着激动的泪光

歌唱

像天真的波浪一样

欢乐地歌唱

像大树的叶子一样

质朴地歌唱

生我养我的祖国

你在我的爱和创造的光辉中

在我的血中

在我的心中

在我的诗中——

一颗照耀宇宙的

光芒四射的恒星

——中国

　　1998 年 4 月—11 月于北京

那珍藏在他心头的
许多值得骄傲的
回忆，已孕育成
一粒粒圆润的珍珠
在寂静里
熠熠闪光

下
卷

早春：献给祖国的第一支情歌

一

雪，再一次飘落在红纱灯上
在绿色的琉璃瓦上
辉映着紫禁城龙的鳞甲
早梅绽放了

钟楼上
迎春的钟声刚刚响起
掠过这古老又年轻的大城
掠过万家屋脊、小窗和
每盏守岁的灯光
像自由飞翔的翅膀
轻抚过片片温馨的笑
当最后一声悠悠隐去
酒杯摇曳里
早梅绽放了

又一个冬天
轻得像一片飘过的云，或
重得像干河滩上躺着的石头
无论欢乐或者痛苦
又一个四季闭上眼睛
横陈在昨天——

1996 年就这样成了历史

现在，所有的河都一起
流入一个新的春天
它不是一个季节
是一个时代
全世界都睁大瞳仁
瞩望着和它一起到来的
今天和明天，将是
怎样的日子

二

龙的子孙
九曲黄河的后裔
珠穆朗玛的继承人，你
可看见搏击长空的鹰
俯瞰苍茫大地的鹰
每片羽毛都是骄傲的
可看见高耸入云的古柏
苍劲虬曲的根和干
每片叶子都是骄傲的
祖国，生我养我
又将收留和埋葬我的土地
我曾不止一次赞颂你
从缀着水滴的渔网的南方
到烈马长鬃拂扬着大雪的北国
从甲骨文到电脑的神经
从城市立交桥到乡野的毛渠
到处都有

历史的呼吸和歌的回响

直到今天：东——南——西——北

到处都有

活泼的、活泼的、活泼的

思想和行动

到处都有

沸腾的、沸腾的、沸腾的

石头和钢铁

带着一种觉醒之后的

洪荒的力

直涌向天边

中国地平线上尽是丰盈的

大自然的元素和生命的活力

每一棵树和每一盏灯

都在讲春天的故事

也许这才是世界海拔真正的含义

一个汗和热气腾腾的国度

到处是惊魂裂魄的崛起

到处是激动的含泪的眼睛

到处是豪情和自信的微笑

这就是我的祖国

曾被浸在血泊里的我的祖国

至今我仍能看见你的伤痕

曾死去十次却总又复生

许多人读不懂你的断代史

因为我们这个民族

知道为一滴泪付出的代价

因为我们的生命

从屈原的诗得到延伸

因为埋在地下的

我们先人的骸骨

还没有变成灰烬

因为华表的尊严和长城的骄傲

那些不屈的箭镞

即使已经锈蚀也仍在燃烧

因为我们懂得今天

生活的意义和价值

懂得人类探索的艰辛

一个人的责任

对于历史和人类是密不可分的

信念和理性使我们

再次相信人的美丽

因为我们热爱自由和和平

我们以丝绸和瓷器的品格

以新的工业精神和东方美学

以大理想

建设自己的家园

让每一立方空间都明亮起来

把进步和幸福献给人类

因为我们热爱生活

我们矢志寻找一个

成熟的世界

此刻，我们又站在

新的起跑线上

时间对于我们

每分每秒都有自己的重量

我们在用行动

回答一个简单却又深刻的命题

人在神之上
在神之上的十二亿人
团结成一个人，就会
创造奇迹

于是，我听见一个声音
到中国去，到中国去
去认识世界的深度、对生命的爱
去寻找历史的奥秘和人的初祖
去发现哲学精神和明天的归宿
到太阳升起的地方去
到中国去

三

岁月在我们身后
把一扇门又一扇门关起来
又在我们面前
把一扇门又一扇门打开
让我们进去又出来
这就是历史

祖国啊，我是
从你的哭声和笑声中
找到自己的
转眼，我已从娇嫩的童音
变得浑厚而深沉
又变得质朴而凝重
我的生命更加坚实了

几十年，为保卫你和建设你

我曾经像一只工蜂

忠实地又勤劳地

把正直交给枪

把深情交给笔

我的脚上满是跋涉的泥泞

至今，我仍在

用南方的甘蔗和北方的冷杉

嫁接我的笔

我要献给你

我的甜蜜和苦涩、爱和恨

以及熊熊燃烧的全部的激情

祖国啊，我时刻在倾听你的召唤

我知道，你的每一句话

都会开出红色的花朵

永不衰老的青山

永不枯竭的江河

让我们一起到广场去

带着我们蹦蹦跳跳忙着长大的孩子

带着活跃奔突的思想

带着梦、信念和

一千种张开翅膀的渴望到广场去

到春天第一个早晨的广场去

望着我们的国旗和新生的太阳

一起上升

1997 年 1 月于北京

祖国在我心中

没有一条路走近我，
但你，却在我心中，
祖国在我心中。

我要像小儿女般向你倾诉，
我高举着沉甸甸的今天，
献给你黄金般的赤诚和深情；
北京，山顶洞的篝火可以作证，
中国海可以作证，
东方大陆架可以作证，
那古老的山脉水系，
和我心脏的搏动如此一致的
一条条腾跃的曲线可以作证：
我是你极小极小的一部分，
但却属于你
贫穷而圣洁的血统。
啊，祖国在我心中！

属于丽日的女性的南方，
和属于风雪的男性的北方，
在我心中；
经线——纬线，
九百六十万平方公里
在我心中；

无论是黄河浩瀚

或昆仑峥嵘；

即使那最远最远的

在波涛里明灭的小岛，

即使乱山雪谷间

一缕炊烟上升；

哦，东海渔歌，高原乳香，山野花红，

中原，小小"蜜蜂Ⅲ号"的翅膀在闪光，

我知道这就是你的笑容，

哦，祖国在我心中。

我不知道，

你是什么时候、是怎样

走进我的心，

只感到由于你的存在，

我周身常幸福得轻轻颤动。

祖国，我爱你每寸土地上

降落或升起的

每个傍晚或黎明

我爱你醒来的岁月，

以及终年不倦地

工作的春夏秋冬；

我爱你沸腾的矿山，

高大的厂房，闪光的铁轨，

我爱你射线，电子程序，

以及操作台前闪耀的小灯；

我爱妇产院稚嫩的啼哭，

我爱户户新居：

台布雪白，美酒绛红；

我是甜蜜的，在水乡，

看着鸬鹚声里

甘蔗在骄傲地生长；

我是充实的，在塞北，

听着蝈蝈鼓翅

催得高粱似火，大豆摇铃；

我爱长江烟波里矫健的翅膀，

我爱长城漠风里骏马嘶鸣。

祖国啊，我爱你的

每把泥土，每粒石子，

每滴雨，每阵风，

祖国在我心中！

哦，信任地望着我的十亿双眼睛，

认真而热情的争辩，

专注的思考和倾听；

报纸上在讨论——

经济改革、高考制度、现代艺术，

城市怎样变化，人怎样长寿，足球怎样飞腾，

那亿万次银河电子计算机在我心中，

那卫星的椭圆的轨迹在我心中；

在巍巍珠峰的山巅

和茫茫冰雪的南极，

祖国的旗帜遥相辉映；

北京舞台上黑白琴键流出的旋律，

和六十四件古编钟正发出

千年交响的和鸣；

一片树叶飘落，

在我胸腔会激起三倍的回响；

一颗露珠滚动，

在我眼底会射出三倍的光明……
让我用希望写你的名字，
用火的青春写你的名字，
用铁的信念写你的名字，
祖国在我心中！

永远难忘最后一次
摘下大学校徽，
把党徽佩在前胸；
永远难忘一个大风雪的拂晓，
祖国授我一支枪，
唤我出征。

啊，我爱我行军走过的
条条没有名字的小路，
我爱宿营后赠我
个个甜梦的茅棚；
难忘土灶前，阿妈
沾着草节的蓬松的头发，
难忘暴雨夜，为我们
提灯引路的阿爸的眼睛；
我背包的伪装网上，
有祖国大地的青草
将我护卫；
我腰间水壶里，
有祖国大江小溪
频频地向我叮咛。
让我以全部的爱感谢你，祖国，
我的曾贫穷得
只能靠泪水养活野草的祖国，

我的在暗夜中

曾经迷路的祖国，

废墟，血泊，龟裂，泥泞，

都一齐埋进昨夜的梦；

而今，我的祖国

正信心百倍地

在朝阳下出征！

我常在深夜，

在猫耳洞里和祖国谈心，

我说，祖国，没有你，

我的生命还有什么意义，

即使我有耳朵、眼睛。

有肺叶呼吸、血液流动，

没有你，难道不像

一粒悬浮的尘土，

一片飘落的羽毛，

一颗流逝的陨星；

我说，祖国啊，

我是你的十亿分之一，

只因你的重量

才获得自己的重量，

只因你的色彩

才获得自己的姿容；

我说，作为时间和空间的主人，

我骄傲你的今日和灿烂的前程……

我知道每条脊梁

对于历史的责任，

因此，我懂得怎样：

在艰难中夺取胜利，

从屈辱里保卫尊严，

在刹那间获得永恒……

我也曾屹立在阵地上迎着旭日，

以充满尊严的声音和世界谈话，

谈战争，谈和平；

我自豪于自己的价值，

我懂得战士

比山，比河，

更富于生命，

看我的

汗水——咸涩，

热血——殷红，

这是兑换和平和自由所需要的，

于是，当你轻轻召唤我和我的枪

来保卫这一切，

我怎能把这种权利让给别人！

感谢你，信赖我的肩膀，

我的每颗细胞的无畏和忠诚；

在生与死紧紧相依的堑壕里，

假如有一天我倒下，

变成草根下的泥土，

变成灰烬，

变成风，

我会听见边陲的峡谷里，

一定有一支不落的浩歌，

荒草下，跳动着一颗丹心

浩歌里，正长起一片芜菁！

1985 年 6 月 24 日于北京

高原：我们血肉的故乡

　　题记：西部大开发的号角已经吹响，几位青年朋友将前往采访。他们
行前来看望我，近十多年来，我曾多次访问那些地方，于是便写了这首诗。

有人说它是黑夜
有人说它是遗忘和死亡
到了西部高原，请首先
俯下身子亲吻它
沙碛野草都是我们
血肉的故乡

它是一个古老的词
甚至比这个词更古老
它是一个强壮的词
甚至比这个词更强壮
渴盼千载终于醒来
比鱼更渴望击水
比鹰更渴望飞翔
它用严肃的眼睛望着我们
已很久很久，终于
迎来了好时光

到高原去
看大陆漂移，地壳升降
看群山苍莽；江河浩荡

去倾听青铜里的钟声

思考佛祖的奥秘

听讲蘸了胆汁磨剑的历史

看千里大漠、千里白杨

以及悠悠白云下

生生不息的我们匍匐着

前进的村庄

时间，埋葬着也储藏着一切

它会用自己的方言倾诉和歌唱

到那里去，同芨芨草对话

它的根认识血

叶子认识凄苦和流亡

到那里去，叩访山头燃烧的雪

雪上有圣洁的雪莲

雪下有龙的骸骨和金属在闪光

贫困养育的生命最坚贞

凝重的石头般坚贞

孤寂孕育的性格最倔强

桀骜的牛角般倔强

只有走近它，看到它，摸到它

然后紧紧地抱着它

才会认识这个

富饶、神奇、美丽、率真的世界

才会认识这些词

崇高、圣洁、质朴、勇敢和悲壮

才会懂得

金子的品质、岩石的硬度

自然的纯净和沉默的力量

我的琴弦上游的高原

我曾无数次在那里跋涉

那里有我

半个生命和半个心脏

那里有我骑过的

无鞍无镫的马

有喂养我奶汁的牦牛

至今，齿颊间仍有余香

有我走过的小路

蹚过的河水，和与我

久久相望的星光

到那里去，请替我

培一把土，为黄陵古柏

洒一碗酒，给无名烈士的墓葬

去替我问候

我住过的

小村，小院，小灯，小窗

户户浓浓的亲情

家家殷殷的渴望

看看他们的锅

摸摸他们的炕

喊一声爹，叫一声娘

请带去我的诗，把它们

投进江河源头

埋进大漠戈壁

挂在酸枣荆棵和

胡杨、红柳的枝杈上

到那里去

追寻一个民族凄风苦雨的历史

就会更深地认识

今天的希望，明天的辉煌

抓一把土，会听见

时代的呼啸

掬一捧水，会听见

生活的喧响

他日回来，请带回

一片叶子或一片鹰的羽毛

这是世纪黎明醒来的

高原的永恒之美

是腾飞和希望

也许在那里呼吸的空气缺氧

或比辽阔更狭窄

比恒久更匆忙

在心灵和情感深处

会感到巨大的伤痛

但伤痛尽头是苦

苦的终极是爱

哦，到高原去

莫忘带一把利刃

因为必须用它，也只能用它

才能写出你对它的

刻骨的情、铭心的爱和向往

2002 年 6 月于北京

倾斜的夜

　　题记：还未完全脱贫的滇东北昭通地区大关等县，今年5月6日夜和6月4日夜，连续两次遭到历史上罕见的风洪冰雹泥石流袭击，造成重大人员伤亡和经济损失。6月4日，前往访问，得诗一组，请容许我擦净一个个汉字上的泥沙和水渍，把它写出来，献给灾区英雄的人民。

一

夜在倾斜
暴雨和雷火在奔走
山在倾斜
石头在奔走
大地在倾斜
泥沙草根在奔走
倾斜的轰鸣中
飞腾的、跳跃的
山、大地和夜
一齐从乱云的肩头跳下来
在火光中追逐、翻滚
风，暴戾地打着呼哨
闪，疯狂地抽着鞭子
石头、泥沙和暴雨
汇成激流和漩涡
冲撞而下

愤怒的眼睛、狰狞的牙齿、散乱的头发
嘴唇、肌腱、血和骨头
汇成黑色的飞瀑
冲撞而下
直泻向时空之外
炸开的雷火下
闪动着片片破碎的
恐怖的黑影

生命被推向死亡尽头
世界陷落了

二

待到拂晓，才看见
这里没有
一只鸟、一棵树、一条小路
到处是死亡
是凝固的呼喊
是泥泞和火的灰烬
是肢解的山的尸体
苦味，从沙石和血的缝隙间
溢出来
太阳和地图
再不认识它的名字
只有新闻社的电讯稿
把它读成经度和纬度

斩断的大道
是惊魂未定的孩子
从远处向这里惊悚地窥视

喘息着，不敢走近

一滴浑浊的泪
浸透了中国

我们世世代代的村庄呢
家家屋顶的瓦脊和炊烟呢
门、墙壁、窗子和窗前的灯光呢
一个家庭又一个家庭的亲人呢
塌裂的水泥板
倾压着昨天、欢笑和生活
房梁，像失事的船的桅杆
断裂的梯阶悬在半空
碎玻璃在闪亮
到处是泥浆
是树枝、秸秆和破布
是撕裂的淌血的伤口
谁也睁不开眼
从哪里移来一间沙石壅塞的小屋
如一枚退潮后灌满沙砾的贝壳
搁浅在这儿，它
惊慌地望着这个陌生的世界
这里是什么地方

三

昨天、前天和
无数过去的日子
都如落叶凋零了
多少梦、渴望和期冀
一齐猝然中断了

琴的弦猝然中断了

温暖的和悲伤的故事

都成了回忆

一千个春天、秋天以及

它们的歌声和影子，一起

被石头、泥沙和草根

搅拌着

埋进历史的深谷

再无法打捞

我来的时候，空间

绝对的死寂和哑默

使我战栗

我难以用瘦弱的诗句

敲响每家门窗

只感到零下三十度的冰冷

而在泥沙与石头的缝隙间

高昂着头的父亲们和母亲们

满脸流出痛苦和悲楚

一双双坚毅的目光

钉子般钉进现实

再也不能拔出

在黑色的皱纹后面

晾着洗净的衣裙

断壁上，时钟的指针仍在跳动

谁知道

那些孩子和老人呢

我们的邻里乡亲呢

一双双祈盼未来的眼睛
都已闭上
一声声熟悉的口音
都已寂灭
傍晚村头的柴烟味和饭香
都已消失
还有那些牛、羊、豕、马
还有座座石埂和水窖
还有漫山绿油油的小麦、洋芋和果树
都已消失
只有泥浆和石头
赭色的、褐色的、铁青的
散出无尽的苦涩和凄苦

他们把一生捧在手上
冰冷的谋杀的夜晚
只一瞬间
一块砖又一块砖建起的房屋
一铲土又一铲土修起的田埂
一小时又一小时创造的生活
便都像不曾有过一样

四

我亲爱的人民和土地呵
尽管这里偏僻而清贫
人民经历过无数磨难和艰苦
正是他们的勤劳、质朴和憨厚
才孕育了我们的性格和精神

现在他们许多话已被掩埋

又有许多话要向我倾诉

苦难中，他们的力量已经成熟

我找不到一束花

甚至也没有一碗清水

祭悼亡灵

只有如潮的泪水

冲垮心的堤坝和血的河槽

痛苦和希望

在生命的深处流淌

在裸露着山的根

生活的根和

生命的根的地方

我看见信念和意志的光芒

又重新燃烧起来

一把把难以抑制的熊熊之火

在死亡之上

熠熠闪耀

1997 年 6 月 13 日于昆明

我的另一个祖国

难道这就是我的祖国

大地尽头的最后一座村庄
犹如一堆风卷的枯叶
犹如史前部落的遗址
遥远却又很近
生活中直线的心电图和低血色素
把跃动的生命全都埋葬了
没有什么比这更真实

低矮的茅顶倚着坍塌的土墙
一户户相拥相挤的苦人家
家家传递的都是愁苦
日子沉重得像石头
贫穷和哑默深不可测
没有什么比这更死寂

如果不是从墙缝冒出呛人的柴烟
如果不是有狗在门前走过
如果不是墙角开着一株瘦弱的葵花
谁也不相信这是一座村庄
千年也割不断和穷困相连的脐带
没有什么比这更凄惶

走进一间黑洞洞的茅屋

一个老人独对一堆火的余烬

苦涩中，两只混浊的眼睛

用逼人的力量拷问我

你是谁？我的心被刺穿

没有什么比这更严酷

我俯身握着他干树皮般的手

泪，扑簌簌滴在死灰上

我的心燃烧起来

我的理智却结成了冰

没有什么比这更痛苦

跨出门，忽听一片孩子的读书声

嫩绿得滴水的童声

比阳光更明亮

从哪个缝隙传来

穿透这里全部的

死寂、凄惶、严酷和痛苦

把四周的山都震动了

我窒息的肺和猝死的心脏

突然醒来，看见

他们生命的高度

远远超过乌蒙山

明天，他们踮起脚

就会看见山外辽阔的世界

没有什么比这更真实

我的艰辛中成长的祖国啊

1997 年 6 月 8 日于乌蒙山中

饥饿的孩子们的眼睛

在深深的乌蒙山峡谷里
滚下的石头有一双双眼睛
摇曳的野草有一双双眼睛
芜杂的树枝有一双双眼睛
黑葡萄般滚动的
黑珍珠般明亮的
黑水晶般闪烁的
大眼睛，转动在
蓬乱的头发下
长睫毛的后面

我走进谷底小村，这一双双
只认识风雨冰雹的眼睛
只认识过早日落山谷的眼睛
便簇拥过来，静静地望着我
像一群缚住翅膀的小鸟
我不认识他们
但我认识饥饿
比霜刃更锋利的饥饿
我从他们眉梢看到了惊悸
从他们眼里看到了泪水
（他们还不懂得死亡是什么）
此刻又加了几分怯生和羞涩

147

红色岁月 红色历程 红色史诗 红色经典

就这样，他们的眼睛和

他们小小的胃和

他们空空的碗和

他们冷却的锅

静静地望着我

目光，钉子般

从我的骨缝直刺进心窝

他们不认识我

却信任这荒山冻云的祖国

对这些燃烧的目光

我沸腾的血

我苦涩的泪

我怦怦跳动的心脏

该说些什么

我不认识他们

但我认识饥饿

我弯下身拥抱了他们

摘下他们头发上沾着的草节

亲着他们泥污的小脸

然后便离开了乱山丛中这

一块块石头、一棵棵野草、一根根树枝

我永远不会忘记

那一双双眼睛和在那里

我认识和发现的一切

世间所有的东西都会消失

只有这比潭水更深、比星星更亮

比火更单纯的

一双双黑葡萄

一双双黑珍珠

一双双黑水晶

不会消失，它们

从惨白的饥饿后面

静静地望着我

他们不认识我

却信任这荒山冻云的祖国

那一片片天真、稚嫩和纯情

越发使我痛苦

我心头的血一直滴落

在时间和生命之上

直到今天

       1997 年 11 月于北京

假如我忘记你

假如我忘记你
石头般贫困的小村
像一只从身边飞去的鸟
像一片擦肩而落的叶子
那么，我该怎样
寻找自己的位置
伸展自己的根须扎进泥土

假如我忘记你
石头般贫困的小村
我该怎样回忆听不尽的风雨
艰辛的一代又一代人已埋进大地
今天，该怎样回答他们

面对你倾斜的黝黑的茅屋
艰辛中生长的洋芋和苦荞
孩子们蓬乱的头发，污脏的小脸
以及那头喘着粗气拉犁的牛
我该说些什么

无论白天或黑夜
我都看见你
总是深情地望着我
如同你就是我出生的小村

如同你就是我勤劳的母亲

自从我走进你
我的心变得比石头更沉重
难道你不是我的另一个祖国

石头般贫困的小村
假如我忘记你
就像劈开肋骨、剖开心脏
我的生命就将被撕成两半

　　　　1997 年 6 月 13 日于昆明

苦歌与甜歌

一

人们
用最酽的汗和最干净的血
也换不来像人的生活，何等凄惶
挂在乌蒙山踝骨上的
半个羊圈是村庄

一百年又一百年
日子泡在泪水里，映着月光
凄清的月光，夜夜拍打
结碱的河床

二

冰雹砸烂了饭锅
山洪吞噬了土墙
生锈的镰刀早忘了秋天
不诚实的秋天背叛了粮缸

贫穷啃得人只剩下骨头
一架瘦骨缠着空空的胃肠
人人像饥饿的野兽
在墙角，兀自舐着

滴血的创伤

三

再莫让荆蔓野草绊住脚
把命运捧在手上，相信吧
每架犁铧都是强悍的
每只车轮都急盼匆忙
把大山打开一道口子
好流进年轻的阳光和灯光
以及山外、海外时代的歌唱
来，把大山和冻云踩在脚下
擦掉一代又一代人淤积的血
让骨头在拔节中成长

四

妈妈，再不要抽泣了
你看，所有的生命都张开了翅膀
像放飞的鹰就要飞翔

该结束黄连般的苦日子了
这才叫生活——
有盐，有油，有糖
有歌声，有爱情，有欢乐以及
多少次在愁云乱雨的深夜
做的开花的梦
粮，堆成高山
酒，涌起海浪

1997 年 7 月于北京

寄远

赤脚的冷雨

走遍了大城的深巷

今夜，我又想起

野草曾是那里主人的村庄

我要踩满脚泥水

沿崎岖小路回去，寻找

太阳过早睡去的山乡

山乡里乱云压倾的土房

不忍看火堆边睡着的男人

皲裂的手指和肩膀

那被雷雨惊醒的女人

不正是我们的亲娘

那过早枯萎的姐妹

只有花的名字却没有

花期的姑娘，以及

那些孩子

有的像赤裸的石头

有的像质朴的泥土

有的像天真的星光

隔山隔水，踩满脚泥水

我要去远方

在大山漩涡里

断墙后面，炊烟起处

撩起雨后透明的晨光

去看跌跌撞撞逃走的贫穷

去看他们怎样

把最后一滴泪水埋葬

去看种子般发芽的

温暖的生活以及

山歌和花朵怎样

在喋血的深谷

开放

　　　　1997 年 11 月于北京

祖国的泥土

今天，祖国大陆给我们送来了泥土……

——一个西沙战士的《建岛日记》

一

离开你，我的心会干枯，
离开你，我多么痛苦，
我的黑黝黝、黄澄澄的

祖国的泥土！
在我们这西沙小岛上，
只有浪，只有风，只有海礁，
没有泥土，没有泥土，没有泥土，
哪怕一粒，
黑色的、黄色的泥土！
每天，夜晚和清晨，
浪和风都要
把小岛提起来，
一千次搜索，
一千次冲刷；
然后酷日又来
一千次燃烧，
一千次熔铸……

这里是绝对纯净的，
它们是鸟粪化石，
是贝藻珊瑚；
这里没有一粒泥土，
呵，泥土，
离开你，我的心会干枯
离开你，我多么痛苦……

二

像婴儿看见母亲的乳汁，
像龟裂的大地渴盼云雨，
像欢乐的云雀等待日出。

我们的舰艇来了，
给我们运来子弹和泥土，
这——保卫生命的子弹，
这——养育生命的泥土。
于是，在茫茫大海上，
我们这汪洋小岛，
第一次有了——
淳厚的、凝重的泥土！

温情又严肃的泥土呵，
温情得像母亲的胸脯，
严肃得像父亲的叮嘱。

捧一捧，高高举起，
大海，你看！

太阳，你看！

我们这里也有了泥土，

也有了祖国的深情的泥土！

人民呵，感谢你，

送给我们的是何等

珍贵的礼物！

就把心放在上面吧，

就把旗插在上面吧，

就把祖国大门的钥匙留在上面吧，

有了你，我们还有什么

不值得骄傲和满足……

三

这是故乡布谷鸟唤醒的泥土吗？

这是滚着柳絮、闪着萤火的泥土吗？

这是生长出洁白的棉花

和金黄的小麦的泥土吗？

这是搅拌着父亲的汗、母亲的泪

和掩埋着战友鲜血的泥土吗？

我听见了大禹开凿的铿锵和击壤的歌声，

我寻到了盘古开天地的石斧，

我看见了黄河岸边兽蹄鸟爪的印迹，

我闻见了土墩上腾起的狼烟味儿，

感到了那一声声震颤的鼙鼓。

呵，扬子江雄浑的节拍，

大平原广袤的气度……

从先民烧制的陶器瓦缶中，
我发现一个民族古老的灵魂；
从一片废墟的村落遗址旁，
我看见一条蜿蜒古老的道路。

今天，在这小岛上，
像站在祖国的阳台上，
我用世界上最憨厚、最深沉的感情，
轻轻地呼唤你的名字，
呵，泥土，
黑黝黝、黄澄澄的充满生命的泥土，
沉甸甸的泥土，
我的神圣的祖国的泥土……

四

树木献给你成熟的果子，
苍鹰献给你翱翔的身影，
云朵献给你闪亮的雨滴，
记得吗？祖国大地的泥土……

是的，在我出生之前，
我已经属于你，
你和我的血液一般古老，
你是我生命中最重的元素！

我诞生后的第一声啼哭，
是献给你的；
我的第一次微笑，

也是献给你的；
你记下我踉跄的脚印，
那是我站起后跨出的第一步；
你留下我身体的痕迹，
那是我长大后，在火线匍匐……

你会听见我的脉搏，
你会感到我的手指，
你会拥抱我的肩胛和胸脯……
呵，亿万年了，
你辛劳地为我们
创造出人间万物，
又忠实地为我们
捧出丰盛的稻菽。

我知道，最终，
你还愿将我们的骨灰
和我们的影子一起，
轻轻地、轻轻地埋覆。

像永远不会忘记
落过多少次叶子的大树，
你会记得这一切；
是的，亲爱的泥土，
我的黑黝黝、黄澄澄的
祖国的泥土

五

不是吗，

我们茫茫烟波中的小岛呵，

怎能没有泥土？

怎能没有春天和花束？

难道只有铁一般愤怒的海礁石，

难道只有僵死在桅杆上的月亮，

难道只有无家可归的风，呜呜地哭……

既然你不是一只

被遗弃的贝壳，

你便该有生命，该有重量，

该有自己的理想和高度！

呵，现在有了泥土，

一粒粒的黑黝黝、黄澄澄的

祖国的泥土！

春来——百花争艳，

秋来——五谷稔熟；

感谢一条条细小的根吧，

它们如此辛勤和忙碌，

在轻盈的歌声中，

使世界成熟。

哦，我的可爱的小岛呵，

如今，有了泥土，有了泥土，

从此，谁还能说你穷困，

谁还能说你贫瘠，

谁还能说你

甚至连空气也咸得发苦……

六

有了高耸着乳房养育
我们生命的祖国的泥土，
我感到多么幸福！

让我一捧一捧的
把它铺在窗前，
铺在瞭望架下，
铺在避风挡雨的海礁深处；
让我们用礁石把它围起，
做成一畦畦小小的苗圃。

让我把脚趾轻轻地踩在上面，
让我跪在你面前把你紧贴胸脯；
让我躺在你的身上打滚，
呵，见到你，我不知道
该欢喜呢还是痛哭……

来吧，欢乐的种子，
明天将长出——
绿的白菜，紫的茄子，红的萝卜，
也许，还将长出枝叶参天的大树！

可爱的生命，可爱的种子，
无论是果树还是菜蔬，
都是有理想的，
它们信赖祖国，
祖国便给它
充足的阳光和

充足的雨露⋯⋯

来吧，蚯蚓翻泥，
燕子筑巢，
青蛙打鼓；
来吧，金黄的小蜜蜂，
我们不会辜负你的翅膀，
也不会辜负一声声催春的布谷⋯⋯
(多么羞愧，过去在家乡，
我曾多少次诅咒过它：
怨它泥泞，嫌它脏污，
说它有多么多的坡坡坎坎，
北风，又常是卷起漫天尘土⋯⋯)

祖国呵，如今，
在我们遥远的遥远的汪洋小岛上，
有了泥土，
有了何等可亲的松软的泥土！

排排海浪，
页页史书，
记下今天吧，
今天，舰艇从祖国心头
给我们带来的，
谁说不是一片
像我们的皮肤一样颜色的
神圣古老的大陆！

　　　　　1978 年 11 月 3 日于西沙珊瑚岛

太阳，啊！太阳

一

太阳，啊！太阳，
给我森林和海吧，
给我自由的空气和光吧！

因为我在这牢笼里，
是太久太久了，
我已经忘却了属于人类的权利。

我已经忘却了：
白羽的鸽子是怎样飞起的，
花是怎样挣扎着开放，
果子是怎样变红而成熟，
繁星从哪里出现。

我已经忘却了：
说地球是圆形的人是谁，
我已经忘却了：
是谁燃起了第一根火柴……

二

太阳，啊！久违了！
你好啊？今天，

你是从那原始的林薮升起的吗？
或者是从滚荡的海水、滚荡的瘴雾？

我仿佛听人说过：
蛮荒的林莽，和
粗野的海涛，和
冲撞的毒雾，
曾杀害了无数活泼的生命。

好险哪！你，
然而你还是匆忙地赶来了，
预备在美好的明天：
在农场的田垄上，
播种金黄的粮食；
在工厂的机房里，
锤炼引擎的铁板……

明天，像一个传奇的世界，
从那里，将传来这么多欢歌和笑语！

三

像神话一样的故事里，
翻飞在村庄旗布的蓝天上，
一只矫健的鹰撕裂了重叠的云，
在飞……

太阳啊，你的来临之前的
简朴的仗仪呵！

然而，你毕竟来了，你来了，

报告你来的消息的，
是山岗间驮着辎重的马匹，
是草原上早操的士兵，
是迎霜滚动着的铁轮的大车……

啊，你来了，
甚至我们的影子也欢迎你！
而我要做些什么好呢？
我没有礼品和乐器，
让我把脚板跳得疼痛，
把手掌拍得山响吧！

四

太阳，啊！太阳，
我怎样对你说我的想念，
当你还没有升起之前，
我仿佛看见身边悬挂的是：
焦土的城池和敌人的堡垒，
广大的坟场和无数的绞架，
我的墙壁上涌卷着死亡的风暴……
我简直听到它的声音了。

我的枪呢？
我的铁锤和镰刀呢？
我的染着鲜血的号角呢？
太阳啊，你——
给我无数的金星，
给我那些迸出的火花！

1949 年

我们的旗

呵！我们的鲜红的旗，你抽动着
钢铁的意志，招展着
远行的鹰和暴风雨的到来，
繁星的出现。

是钉在空中的我们的行为、思想，
是我们宣誓的印章，盖在蓝天的纸上，
我们望着你像婴儿望着母亲，
像金黄的向日葵望着阳光。

你用原始的粗壮的声音，
昭示着工农的联合、进步和民主；
我们在苦苦的斗争，苦苦的思索，
同你在一起伸入明天。

我们将以劳力征服宇宙，
我们将以血汗写人民自己的历史；
一柄镰刀，一把铁锤，
它们使我们永远胜利！

你庄严得像我们的山河、草原，
你拥抱着太阳和我们匆忙地旋转，
没有国界会阻挡住你的飘拂，
你比任何的旗帜都更光辉、崇高。

你投影在我们心上，我们燃烧着，
燃烧着又前进着我们的队伍；
把千万只健壮的手臂举起来：
你———一把通红的不灭的火！

在朝鲜战场上有这样一个人

在朝鲜战场上
有这样一个人：
他夜以继日地指挥千军万马，
专注地思考，闭着嘴唇。

他来自中国翠竹掩映的小村，
却更爱高原土窑和森林；
马背上度过多少节日，
炮火映红无数风雪的黄昏。

仍穿着那身褪色的军装，
军装上沾满炮火的烟尘；
今天，他离开亲爱的祖国，
到这儿来打击凶残的敌人。

朝鲜的每条大江和小河，
到处歌唱着中国人民志愿军；
志愿军的英雄光耀了人类，
谁不知道我们的彭德怀将军！

他的心里跳动着人民的心，
他以英雄的思想、行为教育着我们：
对敌人要怎样去恨，
对人民要怎样爱得深沉！

红色岁月 红色历程 红色史诗 红色经典

当他站在军用地图前,
他背后站满全世界的人民;
千百万死者都来控诉,
千山万水都倾听着他的声音。

当他在阵地上指挥战斗,
或是在掩蔽部工作到夜深,
无论在哪儿,在他身旁都仿佛
偎依着无数心爱的儿孙。

尽管他面前是废墟、荒原和鲜血,
尽管他也曾流泪,为了朝鲜的母亲,
但他永远相信明天破晓,
将是一个多么灿烂的早晨!

我曾经看见他,我很怕打搅他,
他坐在那里,仿佛在历史上
跳动、发光、一颗丹心,
紧紧地、紧紧地贴着我们。

不说那些传奇和神话,我知道
就是他和他的战友打击了侵略者,
让世界上的人都放心,
就是他率领部队日夜保卫着我们。

他保卫了我们的矿山和工厂,
保卫了我们的城市和乡村;
他使得我们每家有一张圆桌,
灯光下团坐着全家的亲人。

他保卫我们沸腾的建设，
广场上孩子们欢笑的声音；
他使我们有无数座新建的学校，
油漆气息的课堂大开着门……

就是他呵，中国人民的儿子，
他的名字同幸福不能分，
他的名字可以叫和平，叫正义，
也可以叫希望和欢欣……

　　　1956 年

出港

云霞扯起无数面旗号，
海上铺满了翎羽和珠串，
黎明为迎接我们舰队出港，
把水天筑成一片辉煌的宫殿。

一座座岛屿像披戴武装的巨人，
树林的叶簇像他们闪光的箭；
看他们在光辉的海面，
一排排列队站立，好不威严！

从没有这样隆重的仪典，
如此惊心动魄、壮丽非凡：
阳光从海面射进云里，
天地间绷起无数道金色的弦。

这时，我们的舰队向大海进发，
山鹰欢送，海鸟相迎，
云在掣动，浪在飞卷，
我们的红旗回答他们，
以水兵豪壮的语言。

大海的骑士

天空是狰狞的脸，
浪尖是锐利的牙齿；
几次警报已经过去，
失踪的渔船漂在哪里？

今夜，有多少颗心穿在雨上，
今夜，有多少颗心翻在海里！

突然，云缝中钻出一只小艇，
像要在海上大胆地飞起，
风抓着它，浪扯住它，
在黑色的波涛中，不住打滚。

惊涛骇浪呵，不要冲击它吧，
它正在寻找倾覆的船只……

你看船头上站着的水兵，
正用灯光横扫疯狂的海水；
那灯光是一把威严的剑，
要把风雨捉住，摔进舱里。

夜的海上，这是唯一的脉搏了——
一只螺旋桨，几颗跳动的水兵的心。

暴虐的风雨呀。
夜并不是你的，
水兵才是真正的主人，
——大海的骑士。

海风对你说了些什么

风带着许多消息吹过，
好像有什么秘密要对人说；
港岸上的树在低语，
一棵传给一棵。

树呵，能不能告诉我，
海风对你说了些什么？
它是不是说到那远方的海岛，
岛上的太阳、岛上的云朵？

你不知那儿的小路通向我的心，
我的心紧跟着一个人的脚窝，
他窗前的一丝风、一丝雨，
都会把我的心花儿打落。

我心上的人在那座岛上，
他现在在巡逻还是睡着？
树呵，你能不能、能不能告诉我，
海风对你说了些什么？

我们的哨所

三面是海，一面是山，
我们的哨所雄踞在山巅；
白天，太阳从门口踱过，
夜晚，花似的繁星落满窗前。

我们的哨所太陡太陡，
浪涛像在我们的胸膛飞卷；
我们的哨所太高太高，
它就要飞上青天。

虽然这哨所又小又险，
我们却感到宽阔又平安；
我们双脚踏稳地面，
把山作墙垣，海作庭院。

从山上垂下一条小路，
和祖国的每条大道紧紧相连；
为回答祖国的叮嘱，
我们挥手，用一缕炊烟。

一面是山，三面是海，
山海紧偎着我们观察班。
祖国对我们满怀期冀，
我们回答她，怎能不以最大的勇敢！

敦煌的早晨

在敦煌，
风沙很早就醒了，
像群蛇贴紧地面，
一边滑动，一边嘶叫。

但沙飞、风啸，却掩不住
乡野大道歌声高；
白杨梢头又传来一片野鸟啼，
红柳丛中的渠水哗哗笑。

党河岸边走着一群青年人，
黄牛背上驮捆捆树苗；
莫看每人肩头都有一小片沙漠，
他们要到瀚海的浪尖上栽杏种桃。

……忽然，谁在吹笛子，这么早，
在田间、树丛？在沙丘、山脚？
我知道流沙湮不没他们的笛眼，
漠风也吹不断那憨厚的笑。

哈，走来了，三个孩子，
笛音回绕着三把铁锹；
红扑扑的小脸像怒放的牡丹，
他们要到学校去栽条林荫道。

红
色
岁
月

红
色
历
程

红
色
史
诗

红
色
经
典

人说敦煌连早晨也是棕黄色的，
黄的河水，黄的野云，黄的古堡；
可为什么透过万里沙帐，我却看见：
这早晨，湿湿的，青青的，有多么好！

戈壁日出

尖峭的冷风遁去，
荒原便沉淀下茫茫戈壁；
我们在拂晓骑马远行，
多么渴望一点颜色，一点温煦。

忽然地平线上喷出一道云霞，
淡青、橙黄、橘红、绀紫，
像褐色的荒碛滩头，
委弃着一片雉鸡的翎羽。

太阳醒来了——
它双手支撑大地，昂然站起，
窥视一眼凝固的大海，
便拉长了我们的影子。

我们匆匆地策马前行，
迎着壮丽的一轮旭日，
哈，仿佛只需再走几步，
就要撞进它的怀里。

忽然，它好像暴怒起来，
一下子从马头前跳上我们的背脊，
接着便抛一把火给冰冷的荒滩，
然后又投出十万金矢……

于是一片燥热的尘烟，
顿时便从戈壁腾起，
干旱熏烤得人喘马嘶，
几小时便经历了四季。

从哪里飞来一片歌声，
雄浑得撼动戈壁？
是我们拜访的勘测队员正迎面走来：
"呵，只有我们最懂得战斗的美丽……"

1980 年

我骄傲，我是一棵树

一

我骄傲，我是一棵树，
我是长在黄河岸边的一棵树，
我是长在长城脚下的一棵树；
我能讲许多许多的故事，
我能唱许多许多支歌。

山教育我昂首屹立，
我便矢志坚强不扑；
海教育我坦荡磅礴，
我便永远正直地生活；
条条光线，颗颗露珠，
赋予我美的心灵；
熊熊炎阳，茫茫风雪，
铸就了我斗争的品格；
我拥抱着——
自由的大气和自由的风，
在我身上，
意志、力量和理想，
紧紧的、紧紧的融合。
我是广阔田野的一部分，大自然的一部分，
我和美是一个整体，不可分割；
我属于人民，属于历史，

我渴盼整个世界
都作为我们共同的祖国。

二

无论是红色的、黄色的、黑色的土壤，
我都将顽强地、热情地生活。

哪里有孩子的哭声，我便走去，
用柔嫩的枝条拥抱他们，
给他们一只只红艳艳的苹果；
哪里有老人在呻吟，我便走去，
拉着他们黄色的、黑色的、白色的多茧的手，
给他们温暖，使他们欢乐。
我愿摘下耀眼的星星，
给新婚的嫁娘，
做她们闪光的耳环；
我要挽住轻软的云霞，
给辛勤的母亲，
做她们擦汗的手帕。

雨雪纷飞——
我展开手臂覆盖他们的小屋，
做他们的伞，
使每个人都有宁静的梦；
月光如水——
我便弹响无弦琴，
抚慰他们劳动回来的疲倦的身子，
为他们唱歌。

我为他们抗击风沙，

我为他们抵御雷火。

我欢迎那样多的小虫——

小蜜蜂，小螳螂，小蝴蝶，

和我一起玩耍；

我拥抱那样多的小鸟——

长嘴的，长尾巴的，花羽毛的小鸟，

在我的肩头作窠。

我幻想：有一天，我能

流出奶，

流出蜜，

甚至流出香醇的酒，

并且能开出

各种色彩、各种形状、各种香味的

花朵；

而且我幻想：

我能生长在海上，

我能生长在空中，

或者生长在不毛的

戈壁荒滩，瀚海沙漠……

既然那里有

粗糙的手、黝黑的背脊、闪光的汗珠，

我就该到那里去，

做他们的仆人，

我知道该怎样认识自己，

怎样为使他们愉快的生活，

工作……

我相信：总有一天，

我将再也看不见——

饿得发蓝的眼睛，

183

卖血之后的苍白的嘴唇，

抽泣时颤动的肩膀，以及

浮肿得变形的腿、脚和胳膊……

人民呵，如果我刹那间忘却了你，

我的心将枯萎，

像飘零的叶子，

在风中旋转着

沉落……

三

假如有一天，我死去，

我便平静地倒在大地上，

我的年轮里

有我的记忆，我的懊悔，

我经受的隆隆的暴风雪的声音，

我脚下的小溪淙淙流响的歌；

甚至可以发现熄灭的光、熄灭的灯火，

和我引为骄傲的幸福和欢乐……

那是我对泥土的礼赞，

那是我对大地的感谢；

如果你俯下身去，会听见，

我的每一个细胞都在轻轻地说：

让我尽快地变成煤炭

——沉积在地下的乌黑的煤炭，

为的是将来献给人间，

纯洁的光，

炽烈的热！

海鸥

你是一道光，你是一阵风，
倏忽间出现，却又不见影踪。

你从什么地方飞来，要到哪里去？
海鸥——纯洁、坚强、热情、勇敢的精灵。

你拥抱着九万顷烟波，八千仞云峰，
在整个天宇，恣意飞行。

仿佛只有你能挣脱地球的羁绊，
你不需要一片屋檐，一根树枝，一蓬草丛。

生来就不息地追求、探索、战斗，
为穷尽天海的涯际，万物的死生。

倾天的洪波，搅得天昏地暗，
大海发出金属的轰鸣。

你也敢钻进铁青的海底，
又从漩涡里侧身直上，搏击云空。

你撩起闪着磷光的浪花，
鼓翅的音响，震荡整个苍穹。

从你明亮的眼中，我看见了海的影子，
从你的翅膀，我听见了狂飙雷霆。

坚强的筋骨，沸腾着一腔热血，
血的成分：半是理想，半是豪情！

在我们中间，你生活得——
这么有声有色，又这样庄严而英勇；

你的每根羽毛都值得骄傲呵，
我说：这才叫生命！真正的生命！

川江历史

他老了，
他曾经在川江背纤；
他的父亲，
也曾经在川江背纤；
他的父亲的父亲，
也曾经在川江背纤。

认识他的只有三峡的风雨，
他赤裸的背脊，
真正是四川盆地，巴蜀群山；
除了嶙峋的影子，
他一无所有；
除了一条路，
他一无所有；
从生到死，
只是弓身奋力，匍匐向前，
肩后拖着沉重的船载，
他的双手直够到地面；
川江有自己的上游和下游，
他的路却没有终点；
而慨叹比他的路更长，
像从夔门泻下的江水，
从心头流出无尽的愤懑；
仿佛只因有了他，

地球才会艰辛地旋转。

这就是他的世界，
他的世界，
就是川江，
就是纤道，
就是绳缆；
就是埋在岸边的荒坟，
就是梦中野鬼啾啾，雷电闪闪……

今天，他的儿子，
自豪地骑在川江背上，
戴着白手套驾驶航船，
并用汽笛召唤群山；
他的孙子在葛洲坝，
穿着白罩衫，
操纵照耀千里的电站；
像隔了巫山云雨，
他们再也想象不出
昔日的苦难和辛酸！

这就是一个中国家庭的故事，
这就是川江的历史，
这就是我们民族的昨天，今天和明天……

告别扬子江

抽去跳板和舷梯，
像剪断了脐带，
我便离开了你，扬子江。

在重庆，我买了一只竹篮子，
但是，带不走你，扬子江；
在涪陵，我买了一张草席子，
但是，带不走你，扬子江；
在万县，我买了一篓甜橙子，
但是，带不走你，扬子江……

但那蓬蓬竹林、丛丛席草、片片橙园，
不都是你的爱，
你给予的营养，
你的手指、面颊、嘴唇和乳房！

抽去跳板和舷梯，
像剪断了脐带，
我便离开了你，扬子江，
——呵，母亲扬子江！

让我们到田野去

现在，让我们到田野去，
去看看那片美丽的果林，
去看看那片慷慨的大地。
果树，一棵棵，一棵棵，
裸露着胸膛和手臂；
（最后一只苹果已经献出，）
她们像产后的母亲，晴空里，
多么轻松、骄傲和欢喜！

空气仍然是香的，
雨水仍然是甜的。

是的，像一个个淳朴的母亲，
站在门前，深情的，深情的，
眺望自己送走的儿女。
（她们仿佛听见所有的人
都赞美一只只、一只只
通红的果子！）

果树，一棵棵，一棵棵，
怀着对生活的强烈的爱，
静静地——沉思……

轻风仍然是香的，

露珠仍然是甜的。

现在，让我们到田野去，

带着一片尊严的神圣的感情，

向她们敬礼：

不必，不必唤她们的名字！

　　　1986 年

江南母亲

一

她们最懂得如何生活，
她们用肩膀、背脊、手臂和脚板一起工作。

她们辛勤得惊人，
采桑，采茶，采菱，采藕，
车水，挑粪，打谷，收禾；
她们擦干孩子脸上的泪水，
又在小桥边晾晒衣服和筐箩。

从摇篮边到星星，
到处都闪着她们忙碌的影子，
到处都颤动着她们的乳房和她们的歌。

二

当梅子和杏子散出清香的时候，
便能闻见她们渗出的汗的气息，
便能看见她们的血、她们的泪，
便能感到她们的脉搏。

永恒的纯洁的花朵呵，
正是由于她们燃烧的爱，

她们才痛苦，
她们才欢乐，
她们用凝重的痛苦和轻盈的欢乐，
哺育着南方的中国。

三

世界在她们的哺育下
成长起来，于是，
世界便也有了强悍不屈的
肩膀、背脊、手臂和脚板，
每一天都和太阳一起辛勤地工作，
——大地便有了奶香味，
大地也便有了母亲宽厚的品格。

扬子江，高高地举起南方吧，
对那里的每个人说：
不要辜负深情的母亲，
否则，你怎能懂得如何生活！

澜沧江

南国有一条谜一般的野性的江，它叫澜沧江，
南国有一条粗犷的泼辣的江，它叫澜沧江，
南国有一条多情、多梦、多幻想的女人江，它叫澜沧江。

澜沧江是受尽群山羁绊、冰封雪裹的叛逆的姑娘，
澜沧江是劈开峭壁、挣脱挟持出走的姑娘，
澜沧江是苦难、草根和风霜喂大的姑娘。

她不像舞伎脚上的银铃那样轻佻，澜沧江，
她不要浮华的脂粉、珠宝、环佩叮当，澜沧江，
只摘朵热烈的大红花插在鬓边就够了，澜沧江。

澜沧江用牙齿咬着头发疯狂地跑着，多么倔强，
澜沧江燃烧着闯过地狱之门，似火浪、岩浆，
澜沧江一路挣扎，一路喘息，一路呐喊，呼唤太阳。

把万年的苦楚和郁闷火辣辣洒了一路，澜沧江，
把自己的脾性给两岸的每株灌木和乔木，澜沧江，
以自己的品格照耀头上的日光，月光，星光，澜沧江。

澜沧江喜欢山菁中的铓锣木鼓，弓弩镖枪，
澜沧江牵挂那么多竹楼山寨的姐妹爹娘，
澜沧江把我的诗放在她的独木舟的槽子里，给它韵和力量。

呵，最质朴，最热情，因此最美丽的澜沧江，

呵，最懂得痛苦欢乐，因此最懂得爱情的澜沧江，

呵，最单纯，最率真，因此也最理解生命的澜沧江……

长江夕照

从上游流下来，
九千年，荒滩草莽，
流下来，滔滔阔浪，
九千年，风吹倾了
群山，吹倾了
低飞的孤鹜的翅膀，
没入苍茫。

当漩流
卷过水手隆起的肌腱和胸膛，
粼粼碎金
闪烁在酒杯里，
一切都疲倦了，
除去浪，
都找到了自己过夜的眠床。

该有一盏灯，照耀
上游——下游，
九千年，天海泱泱；
大地也微微颤动了——
多么凝重壮阔的主题和
雄浑辉煌的思想！

在江天尽头，
一个民族的一滴精壮的血，
滴进了长江。

长江夕照

红色岁月　红色历程　红色史诗　红色经典

南方印象

在片片黄菜花后边，
在张张渔网后边，
那丝竹管弦的轻音乐婉转流出的地方，
那淡淡的梅子气息流出的地方，
便是南方。

浅绿，粉绿，深绿的油彩，
涂满了画布，画布
张张，
重重叠叠，重重叠叠地
悬挂在古老的大地上。

河切割它们，
桥又连起它们，
这就是南方；
雾使它们升腾，
风又使它们沉降，
南方的影子在清波里荡漾。

到处都像春天的树枝一样美丽，
到处都闪烁着生命之光。

我的心是一只杯子，
溢出了

这方，那方——
太多的果汁、太多的阳光、太多的蜜香。

这就是我第九次到南方得到的印象。

红色岁月　红色历程　红色史诗　红色经典

走向山冈

一棵树问，
你为什么这样匆忙，
匆忙地来到南方？

一只鸟问，
你为什么这样忧伤，
忧伤地走向山冈？

我是乘飞机来的，
捧一捧泪珠，一捧血浆，
再远的路我也要去，
这里只属于我自己，
我要寻找一座坟，
埋着我青年时的战友——中国的脊梁。

一座坟埋在历史的暗夜，
一座坟埋着流曳的星光，
它是我生命中的珍珠，
已经埋了四十年，
你看扎在四十年代的野草的根，
多么倔强，
多么倔强地包裹着我的战友的骸骨，
和我的已经变成化石的情感和
没有变成化石的心脏！

山谷仍然是忠实的，
忠实地发出回响；
小河仍然是炽烈的，
炽烈地朗朗歌唱。

一朵花说，
接受吧，硝烟散后送你这
一丝苦涩，一缕幽香。

一把土说，
带走吧，风雨淘净的江南大地，
纯洁，质朴，一如北方的太阳。

黄河落日

等了五千年
才见到这庄严的一刻
在染红一座座黄土塬之后
太阳，风风火火
望一眼涛涌的漩涡
终于落下了
辉煌的、凝重的
沉入滚滚浊波

淡了，帆影
远了，渔歌

此刻，大地全在沉默
凝思的树，严肃的鹰
倔强陡峭的土壁
艾蒿气息的枯黄的草色
只有绛红的狂涛
长空下，站起又沉落
九万面旌旗翻卷
九万面鼙鼓云锣
一齐回响在重重沟壑
颤动的大地
竟如此惊心动魄

醉了，洪波
亮了，雷火

辛勤地跋涉了一天的太阳
坐在大河上回忆走过的路
历史已成废墟
草滩，燐火
峥嵘的山，固执的
裸露着筋络和骨骼
黄土层沉积着古东方
一个英雄民族的史诗和传说

远了，马鸣
断了，长戈

如血的残照里
只有雄浑沉郁的唐诗
一个字一个字
像余烬中闪亮的炭火
和浪尖上跳荡的星星一起
在蟋蟀鸣叫的苍茫里
闪烁……

1989 年

沉默的火

——记一位老军垦战士谈他的马

那条路的尽头，埋着
我的枣红马，埋着
一团野火，一阵凄楚的秋风
它最后淌下的一滴泪
重重地砸进了大西北

那条路是它拉着的车
辗出的一道轮痕
直到它踉跄地倒下
仍歉疚地望着我
想挣扎着站起来

风雨吹打了它一生
它没有镶银的雕鞍
也没有锃亮的马镫
前半生在战场
穿过火网也蹚过冰河
似一团腾飞的烈焰燃烧着山野
弹片嵌进它的肌肉，至死
累累伤疤仍闪闪发亮
我们都是被战争啃剩下的
后来又随我来到这

多山多雪多沙漠的大西北
它用扬起的长鬃
扑打着风沙和落日
用蹄花敲打着砾石溅起火星
它的一生始终是昂扬的

它死的时候
世界很静很静

它死后我才意识到
我曾抽打过它，打得太重了
它不是石头
几十年没有说一句话
后来我才意识到
死前该喂它一把爱吃的炒豆
该认真地给它刷洗一遍
后来我才意识到
我的骑枪和马刀，真的
再不能发芽了
后来我才意识到
那杆鞭，那条缰
再不能挂在墙上
它死的时候
我一直在想
一个生命
应如何选择自己的位置
该怎样实现自己的价值

只能在梦中
抚摸它抽动的肌块

梳洗它已经衰老却仍油亮油亮的长鬃
听它的嘶鸣了

埋它的那天，正在下雨
我像一张薄薄的落叶
冷冷地打湿在路边

晋西北印象

迷途的风嘶叫着
雁群飞去了，留下
沾在枯黄草节上的
缠在刺棵榛丛里的
啄落的羽毛

蟋蟀声里
蜥蜴和沙狐匆匆掠过
崎岖的车辙和干涸的河道
越过荒滩
从陡峭的沟壑那边
打破沉默，涌过一群
蹽动的羊角

浑厚、粗犷的北方
每片颤动的笛膜
都在倾诉生活的艰辛和寂寥
然而，却有乳香
却有泥土般醇厚的酒
却有妇女绣红的布老虎和古朴的围腰
却有沉甸甸的闪光的手镯和银链子
却有比情爱更甜的甜甜的红枣
和比情爱更黏的黏黏的黄糕
却有比太阳更圆的铜锣和大钹

却有比太阳更红的牛皮鼓

却有比太阳更亮的唢呐和曲调

那些胼手胝足的祖先

透过咸涩的泪珠浸透的

冲积层，转过头

回望着他们的子孙

目光里

有信心，也有骄傲

昨天，袒露着

赤裸裸胸膛的黄土地

已跨过他们坚定的脚步

已滚过他们豪迈的笑

哞哞地叫着的大西北

醒来了

我不知道

那抖落了羽毛的大雁知道不知道

那胆小的蟋蟀和蜥蜴知道不知道

那总是笑咪咪的沙狐知道不知道

达坂城

空旷的戈壁海上你是一座岛
全中国都知道
你是最懂爱情的岛
但是太遥远像一片云
你的性格是孤独的
一切都被风暴卷走了
只有诗留下来

几堵白灰粉刷的墙壁
几缕土屋顶上的炊烟
三个姑娘卖煮蛋，两个老汉卖馕
裹着黄尘的汽车歇歇脚又走开
你的生活是寂寞的
手鼓停了，琴弦断了
只有歌留下来

看不见西瓜，找不到马车
担心一个使人心跳
却不能如期履约的痛苦
系在发辫上，凝在瞳仁里
你的思念是美丽的
赤裸裸的大胆的爱情在心上燃烧
只有梦留下来

红军标语

时间使许多语言都风化了

只有这句话活着

旺盛的生命和血浆

注满蓬勃的青春

成为一片历史风景

苍郁的山和倔强的野草

是它的朋友

几十年

风雨掠过

日影掠过

都不理会它

它，从不知道畏惧和死亡

始终理直气壮地

站在这偏僻小村的墙壁上

太阳般高昂着头

目光炯炯地，穿过

烟云，迷雾，尘土

冷眼凝望着人间

当年那个写标语的人呢

那些使世界旋转的人呢

呵，往事如烟

一个个繁体字

今天的孩子们已不认识了
如同不认识野菜
如同不认识红军
只有脱落了牙齿的老人
知道它肩头的重量和价值

应该成为中国革命史扉页上
一句烫金的献辞
它，大睁着明亮的眼睛
信心百倍地瞩望着
未来

从上游到下游
历史，正走向成熟

历史的回声

——记在大别山区和一位光荣院老人的谈话

你知道幸福的形状吗
在大别山群峰的
缝隙里，有一座
光荣院，那是
温暖、痛楚与荣耀的总和

坐在面前的是一位老人
老人是一本合上又打开的
中国革命史，现在
他以浓重的地方口音和方言
向我倾诉传奇的一生
仿佛丢失过自己又重新找到
他强烈的爱憎
使许多历史故事和故事的细节
在唇边一一复活

他的眼睛在说话
他的胡子在说话
他的每一条皱纹在说话
他的心也要跳出来说话

他怀念牺牲的战友

（他怀念一次战友便复活一次）

他探寻当年的伙伴

（他探寻一次伙伴便相聚一次）

他讲述起每一件

闪闪欲燃的往事

都异常动情

像一座沉默的活火山

又一次喷发

那些烟云深处的风雨

对于我，已经遥远

而对他，犹如昨天

他的话题总留在时间那头

听起来，便像历史的回声

那珍藏在他心头的

许多值得骄傲的

回忆，已孕育成

一粒粒圆润的珍珠

在寂静里

熠熠闪光

他的前半个生命

似乎比现在的自己

更真实

谈起今天

他笑起来

整个中国，都能感到他

身体的颤动

幸福原来像一个天真的小孩

桂林五月

一

像闪动的绿翡翠
像飞翔的翅膀
像游动的鳍

在这里，一切美都醒着
使所有的靴子
都迷了路

二

山和山深情地站着
吟着平平仄仄的诗句
江和江像山歌
欢快地流着
质朴、婉转而又透明
每棵树都是纯情的
每片叶子都在微笑
每只鸟都是欢乐的
每声啼叫都渗出花香
那山，那水，那树木，那鸟声
属于它们的每一条曲线
都是一支歌，伴奏人生

三

是雨丝，是轻烟，还是须蔓
静静地垂下来，遮着
崖壁上凿出的古诗，遮着
庄严地站着的历史和生命，遮着
五月美丽的桂林

不打伞的桂林
溪谷里卷着一团团
淡绿的雾，淡绿的云，淡绿的小雨
水滴和歌声渗进每一块石头
石头便发芽，长出叶子

四

五月的桂林是一张
被洇化成朦胧色调的
宣纸
那碧绿，那丹青，那鹅黄，那浅紫
渗开来，纸上
流出潺潺的水声
五月的桂林挂在那儿
轻轻颤动

五

公园里，画板上涂满绿色的油彩

街心广场，T恤衫和超短裙匆匆闪过

小巷里有人卖盆景

洞窟里，佛在失眠

豪华的旅游车上

戴太阳镜的观光者在评论

桂林

不是一座有公园的城市

而是一座有城市的公园

夜漓江

入夜

如能把我的一行行诗

扎成竹排，就撑去吧

撑进漓江，那五千年

起伏在青山石壁的夜漓江

拍打着荒山卵石的夜漓江

横飞着流星雨的多情的夜漓江

它绿色的枝条上，渔火跳荡

那是绽放的小黄花呢

抑是成熟的果子

挂满枝头的滴滴甜蜜

摇动着轻波细浪

照着竹排上

扑喇喇的鱼篓，那是

漓江微笑的目光

既然一只只鱼鹰已经醒来

大碗里的烈酒已经喝干

就把竹排撑到江心吧

去看渔火流动，夜雾苍茫

去看滑落的星星在水底扎根

去看多梦的石子在水底生长

进佤山

题记：1974 年 11 月，与毛烽、杨喜云二同志骑马进佤山访问，当时情景至今难忘。

山，越攀越高，越高越险
路，越走越陡，越陡越窄
下马来，环顾四周
一片云海

走过的来路呢
跨过的河谷呢
再没有踪迹和色彩
只一片混沌，无法打开

白的是浪，黑的是岛
在天宇涌动翻卷
浮屿和暗礁下
一切都被掩埋

像回到洪荒远古
又像站在宇宙之外
树丛和群鸟都一齐消失
只隐隐涛声，拍打山崖

云涌来，挂在我的睫毛上

雾扑来，拥我满怀
眼前跳动着无数光点
眩晕里，使人感到孤寂难耐

忽然，湿淋淋的柴烟味
从前方卷来，之后是
伸来一条湿淋淋的小路，之后是
湿淋淋的舂米声，之后是
湿淋淋的狗叫，之后是
一个孩子湿淋淋的怯生的目光，之后是
一位捻线老妈妈的湿淋淋的微笑

死寂中
肃穆的生命燃烧起来
宁静欢乐的生活燃烧起来
纯净的塘火燃烧起来
古朴的情，淳厚的爱
一齐迎我们进入山寨

进佤山

怒江

无数吼啸的喉咙
无数愤怒的眼睛
无数挣扎的臂膀

冲过狭窄的深谷
撞击着狰狞的巉岩
发出雷的轰响

奔突在天地间，它
是龙吗？是狮子吗？是野牛吗
一路呼喊，一路厮杀
飞迸的火星几乎燃着
山风、凝云和鹰的翅膀

它要到有阳光的宽敞明亮的地方去
窒息得太久了
像焦急地寻找心脏

但山阻挡它
镣铐紧锁它
鞭子抽打它

可它的筋骨，却
比石头更粗壮，意志

比刀更锋利，信念
比山更坚强

这里没有一丝怯懦、卑琐和怠惰
没有一丝犹疑、一丝彷徨
只有爱，只有向往
承受最大的痛苦，为向前方

你可感到大地的震颤
它的勇敢，它的倔强
使所有的文字都失去力量
翻滚在天地间，它
是龙吗？是狮子吗？是野牛吗
矢志到有阳光的宽敞明亮的地方去
这个满身创伤的愤怒的灵魂
这个值得尊敬和赞美的爆炸的生命
——怒江

长城日出

弓箭，长矛和马嘶

已经锈蚀、剥落

成碎片

成烟云流进古堡下的残句悲歌

埋进离离荒草

营养草籽和传说

又一夜过去，太阳

从冷苍石壁的苔藓上

从废燧野草的露珠上

腾腾升起

辐射着莽莽群山

在父亲们的背后

通红如火

大地溟濛，长天寥廓

山，燃烧起来

一块块砖石、草木和凝云燃烧起来

红遍条条山脊

煮沸滚滚黄河

使青铜的历史复活

此时，长城，如火的阵列

似龙，从两千年前翻卷而过

浪涛和烈焰滑过它

闪光的鳞甲，迸射出

金属般逼人的亮色

火，呼啸着

昂首东方，飞腾向前

唱着明天的歌

这是黑夜尽头的太阳

这是太阳照耀的城垛

天风万里，海雨万里，江流万里

哦，我的历经沧桑的崛起的

祖国

红高粱

北方，红高粱
　　　从秋的最高处挂下来
一粒粒血的种子
　　　殷实而精壮

据说，在长城以北
　　　猛烈的风雨和炎阳
　　　　　使它们总是攥着拳头生长

据说，它们修长的大叶子
　　　恣意挥舞
选择的是大刀的形象

据说，它们钢筋般的根
　　　紧攫住泥土
甚至虬曲地裸露地表
　　　显示生命的执著与坚强

据说，待摇曳的红穗
　　　涌向天边
堆起画布上浓重的油彩
　　　漫天流云便卷起滔滔的红浪

哦，其实在北方

红高粱
　　和犁铧
　　　　和镰刀
　　　　　　和锄板
都是我的直系血亲、兄弟和爹娘
　　根是宣言
　　叶是旗帜
红高粱是北方历史的诗行

你闻到火的气息了吗
你闻到汗的气息了吗
你闻到血的气息了吗
　　一个民族美学和力学的
　　　　最高的形象

只是近些年
你曾否想过丢失了些什么
　　甚至自己

如今，你去北方
　　再难吃到
　　　　大盆里热腾腾的红米饭
只在宾馆的宴席上
　　多情的小姐
　　会用细瓷小勺舀一口
　　　　请你品尝
这就够了
为的是让你酿一杯烈性酒
　　然后把根扎进黑土地
　　　　粗犷地生长

幸福
——告诉我们的孩子

当丰收的镰刀挂在屋檐下
喘息
酒杯斟满
　　我想到幸福

当一棵摘净果子的树
轻松地瞩望田野
不肯走开，等待来春
　　我想到幸福

黄昏，归鸟
急切地一闪而过
　　我想到幸福

淅淅沥沥的小雨
带着幽香滚下花瓣的茸毛
茑萝绿色的卷须轻轻颤动
此时，一粒红色浆果
从湿淋淋的灌木丛
望着世界微笑
　　我想到幸福

幸
福

当你和你的乳名一起
重新回到母亲的怀里
梦幻般温柔
当两只杯子后面
深情的黑眸子燃烧起来
　　花朵便开放了

告诉我们的孩子
在苦涩中长大的幸福
　　　和痛苦一样近，一样寂静
　　　　　会流泪却永远不会衰老
无论结晶成盐或结晶成糖
　　都深深地埋进心头吧

百花洲听雨

题记：夜，与友人游百花洲，遇雨。

几片沙洲铺在地上
　　雨，就在这里跑吧
几片沙洲漂在水上
　　雨，就在这里跳吧

沉浮在夜雨里的沙洲
哪里有青草百花
只蓊蓊郁郁的小树林
像戏水的孩子一起喧哗

淋湿的小路已送人归去
空剩疲倦的游船和
不知疲倦的湖亭的檐角
翘入夜空，任漫天细雨敲打

迷蒙的雨滴跳入湖心
　　化作尾尾闪光的鱼
　　　　倏忽游去，衔瓣瓣落花
丝绸般拂动的夜
有多少梦一起发芽

雨后的水下

星光很瘦，灯光很瘦

像一幅抽象画

鹧鸪是勤劳的村姑

泥香酿一杯淡酒

静夜里和我对话

明晨，去问问披蓑衣的苏老汉 [1]

今年蔬菜的长势

并和他一起翻晒

唐诗的残稿、锈蚀的犁铧 [2]

---

[1] 宋苏云卿，四川广汉人。曾隐居百花洲，以种菜为生，俗称"三洲苏翁圃"。后"苏圃春蔬"被誉
为"豫章（今南昌）十景"之一。
[2] 唐诗人张九龄、杜牧等，均有吟诵百花洲的诗章传世。

祁连山

亡我祁连山，使我六畜不蕃息；

失我焉支山，使我嫁妇无颜色。

——古谣

一

诗还没有诞生

祁连山

已穿过痛苦和死亡

昂立荒野

是冷月下漂浮的冰峰吗

或炎阳下燃烧的火

给我们带来石头，像我们

骨头般坚硬的石头

给我们带来河水，像我们

血一般圣洁的河水

风雪中，我

辨认着那条条褶皱

写出的象形文字

便看见了野生植物般

生长的故事和历史

便看见了屹立人间的

庄严、高洁和完美

英武的高原魂，祁连山
我们民族古老的根
我们民族不屈的生命

二

寥廓无垠的戈壁滩
使天显得太高，山显得太矮
茫茫白雪
覆盖着一道简洁的曲线
在蓝天和褐色的大地之间
蜿蜒千里
像一幅油画
静静地悬挂在那儿
是来自远古的驼队和马群
逶逶地跋涉在莽莽漠野
这里，除一条放荡不羁的鞭子
只有野性的风
滚动的枯蓬和
鹰的骸骨
没有回声
茫茫白雪
覆盖着一道简洁的曲线
像一幅油画
静静地悬挂在那儿

祁连山
我想成为一块无愧于你的石头
我想成为一朵无愧于你的白雪

祁连山之鹰

荒原太古老了
再没有一条蜿蜒的小径
门和栅栏早已腐烂
只有鹰多么年轻

看见吗，一闪而过
那只鹰，擦地飞行的鹰
山的颜色，沙碛和砾石的颜色
就是它羽毛的颜色
半是灰褐，半是铁青

它坚劲的翅膀拍击着
像风暴和雷霆
使大地上的沙石和碱草
奔驰滚动，迸出火星
不怕坚硬的荒滩
撞烂头颅
也不怕锋利的锐石
剖开前胸
迅疾地一闪而过
箭一般擦地飞行

在它的身影下
山退去

荒滩退去
庄严和无畏多么年轻
它的生命多么年轻

你看见它蜷缩的利爪和钩喙了吗
你看见它转动的明亮的眼睛
可是在寻找失去的梦
擦地飞行的鹰，祁连山之鹰
一条线，从九天扎向荒野
转瞬，又拔地而起，直上云空

它是我三十年前见到的
傲立在昆仑山顶危岩上的那块石头
或是我二十年前见到的
在林海上空飞旋的那片云影
抑或是我十年前见到的
在辽阔牧场上腾起的那阵涡转的旋风

几十年匆匆流逝
勇敢的生命多么年轻
无论以怎样的方式生活
都使人感到生命的沉雄
一片荒原加一只鹰
向你昭示人生

疏勒河之歌

总是闭着嘴唇的大西北
除了滚动的石头没有别的

哦，还有一条河
贫穷的孤寂的疏勒河

疏勒河是一支羌笛
　　　是羌笛流出的激越的民歌
它的旋律是山脉起伏的曲线谱成的
　　　倒影是它余韵的回响

疏勒河是一根红柳枝
　　　没有船，没有鱼
只有时间的碎块
　　　随浊浪翻滚而去
从上游能捞出碑和箭镞
　　　从下游能捞出浓浓淡淡的血泪和哭声
疏勒河是一条鞭子
抽打着飞旋大野的日月
抽打着憨厚的牦牛和羊群以及
　　　无言的烈性的酒

疏勒河是一抹火云
　　　搅拌着吞没八荒的远水

拍打着铿锵的唐诗

　　　濯洗着牧羊女的腿脚和绛红的脸膛

在寂寞中成长

对谁也不说一句话

沉郁而倔强的疏勒河

就这样在艰辛中

　　　滋润着一个民族和

　　　　　一片古老大陆的

根

嘉峪关

一

亘古蛮荒的岁月，流过
黑的砾石、褐的荒滩、黄的沙漠
巍巍嘉峪关雄踞在这里
紧锁河西，缄默不语
汗湿的黄骠马
闪亮的戈矛
土碗里摇荡的酒
都像花朵一样凋谢了

昨日射出的箭和流水
　　再不会回来
只剩斑驳的野史和传说
被牧鞭抽赶着
　　越传越远
燥热的太阳知道
在这里
最热、最冷，最真实的
　　是血

二

万世不竭的山海

万古不倾的雄关

古驿道边，白草如烟

暮色里登上城楼

楼角悬着的那弯新月

便是秦时的月了

　　　戍卒跋涉的脚步声很近

　　　白云已远

这里只有折断翅膀的风

没有折断翅膀的鹰

勇士不屈的精魂仍扼守城关

朋友，在我们这安身立命的故土

除了拣一块石头

我没有什么东西可以送给你

　　　箭镞和骊歌很近

　　　梦已远

燕鸣壁

题记：嘉峪关城墙一角，有燕鸣壁。据传，当年城关筑毕时，关外鸣禽，均急飞入关，争做中原飞鸟；其中最小的一种沙燕，离关最远，昼夜兼程，飞至关前，城门甫闭，它们焦灼难抑，遂触壁而死；至今以石叩击，仍有悲切之燕鸣声。

嘉峪关很远
是鸟飞不到的地方

但在戈壁深处，烽烟深处，雄关深处
在戍卒磨过刀箭的地方
　　　却有鸟叫
是一群失眠的鸟叫吗
是一群痛苦的迷路的鸟叫吗
啁啾在鼓角与嘶鸣之中
又仿佛站在世界之外
已经叫了一千年
有时很冷、很沉重
有时又很尖利，焦灼如火
　　　像一簇烈焰，一缕月光或
　　　　　最后一片飘落的叶子
也许还有扑翅的声音
也许还有啄击的声音
血把羽毛粘在墙壁上
　　　散出芳香

却又嘶哑又辛酸

惹人怜爱的悲切的小鸟
是凄苦的胡杨树的泪珠孵出的
是荒滩上石头长出翅膀变成的

在传说里筑巢的鸟儿
千年不死
那从生命里流出的声音，会使
石头迸出火花
　　荒滩溅出眼泪
　　　　每一名勇士的心滴血
那从生命里流出的声音，会使
万里如铁的长城
　　　　在苍茫中
　　　　战栗不已

莫高窟纪游

钥匙打开洞窟的门
便回到古代
　　　　像回到故乡

在寂静得漆黑和
漆黑的寂静里
　　　我和佛
　　　　　　面对面地凝望
倾听他们从魏唐那头
　　　和我谈话

禅思，偈语
　　　佛国的故事和传说
　　　　　　一起从石头里流出来
隐约中
　　　还有乐队演奏古曲
　　　　　　还有舞伎翩翩飞旋
座位下，藻井上
菩萨的手指间
　　　清香的莲花和思想
　　　　　　静静地开放

一切都保持庄严和圣洁
一切都显示精神的力量

走出石窟像走出子宫
　　　洞窟里的时间便停止流淌
外面，外面有
　　　拔地而起的旋风柱
　　　　轰轰滚动的太阳
　　　　　小贩在追逐游人兜售古董
　　　　　　卡拉 OK 厅里彩灯飞旋
　　　　　　酒馆里在猜拳
窟外的世界喧嚣又繁忙

哪里有比这里给予我们更多的东西
　　　更甚于爱
　　　　更甚于美
　　　　　更甚于在爱和美的和谐里
　　　　　朴素的闪光